国际少年生存小说典藏

[美国] 吉姆·凯尔高 著 赵建军 译

迷路的骡车
之 荒野征途

时代出版传媒股份有限公司
安徽少年儿童出版社

图书在版编目(CIP)数据

迷路的骡车之荒野征途 / (美)吉姆·凯尔高著；赵建军译. — 合肥：安徽少年儿童出版社，2022.1（2022.5 重印）

（国际少年生存小说典藏）

ISBN 978-7-5707-0364-7

Ⅰ.①迷… Ⅱ.①吉… ②赵… Ⅲ.①儿童小说 – 长篇小说 – 美国 – 现代 Ⅳ.①I712.84

中国版本图书馆 CIP 数据核字（2021）第 044336 号

GUOJI SHAONIAN SHENGCUN XIAOSHUO DIANCANG MILU DE LUOCHE ZHI HUANGYE ZHENGTU

国际少年生存小说典藏·迷路的骡车之荒野征途

[美国]吉姆·凯尔高　著

赵建军　译

出版人：张堃　　　策　划：高　静　宋丽玲　　　责任编辑：黄　馨
责任校对：张姗姗　　　责任印制：朱一之　　　封面设计：孙　威
内文设计：侯　建　　绘　图：团　子
出版发行：安徽少年儿童出版社　E-mail:ahse1984@163.com
　　　　　新浪官方微博:http://weibo.com/ahsecbs
　　　　　（安徽省合肥市翡翠路 1118 号出版传媒广场　邮政编码:230071）
　　　　　出版部电话:(0551)63533536(办公室)　　63533533(传真)
　　　　　（如发现印装质量问题,影响阅读,请与本社出版部联系调换）
印　　制:阳谷毕升印务有限公司
开　　本:635 mm×900 mm　1/16　印张:13.5　插页:1　字数:148 千字
版　　次:2022 年 1 月第 1 版　　2022 年 5 月第 2 次印刷

ISBN 978-7-5707-0364-7　　　　　　　　　　　定价:38.00 元

目录

第一章　思量

乔·托尔扶着犁头,在沿犁沟行至一半时,一只斑翅蝇刚好落在他的右耳朵上。他感觉得到那只苍蝇在耳朵上爬动。乔的额头上挂满了汗珠,太阳穴两边湿成一片,而此时苍蝇的出现激怒了他,他心里很清楚应该把它赶走。当他做好了驱赶准备的时候,苍蝇正要叮咬他。斑翅蝇叮咬时会吸血。

乔没有把手抬起来,因为这些恶魔整天飞个不停,时不时会来骚扰他,耳朵上的那只苍蝇驱而复来,总爱跟他作对。乔希望它叮咬自己——"小不忍则乱大谋",在被叮咬之后,再"啪"的一声拍死它,那将让人感到格外痛快!

在与那只苍蝇周旋的同时,乔还机警地注意着他的两头拉犁的骡子。尽管有时候对个人生活中的诸多现实问题,他感到困惑与茫然,但不管怎么样,乔对眼下的这件事情可谓了如指掌。通常情况下,凡是骡子都惹他生厌,尤其是那两头骡子。它们个头高大,杂色的皮毛油光发亮;它们扇动着的耳朵以及消沉的表情,表现出一副受了委屈的样子,不过呢,它们狡黠的眼神完全泄露了内心的小算盘。在过去的一刻钟里,这两头骡子有两次突然越出了原本的路径,让挽具上的挽带缠结在一起;而当乔试图解开挽带的时候,两头骡子朝他踢了过去。因为了解骡子的习性,乔躲开了。多年来,乔一直与牲口们打交道,很多时候,他知道骡子们接下来会做出什么样的举动。

乔感到那只苍蝇在乱爬,他幸灾乐祸地静静地等着它的叮咬。他不允许自己伤害那两头骡子,因为庄稼人是从不轻易伤害自己的牲口的。不过,这个下午他可以猛拍那只苍蝇——这样做,通常就能纾解淤积在心中的对那两头骡子的所有怒气,以及对这个世界的种种不满。

乔的目光一刻也没有离开过那两头骡子,它们好像也知道乔在看着自己。当它们卖力地驾着轭并拉动犁头的时候,紧绷在毛皮下的肌肉微微地颤抖着。好像除了把犁地的活儿干完,那两头骡子从来都没有任何其他想法。乔已经紧绷的神经要开始崩溃了。那只苍蝇并没有叮咬他,两头骡子也没有逡巡不前,除非马上发生点什么,否则他觉得自己将要沦为一个胡言乱语的疯子了。

太阳本已十分炙热,现在它似乎又在微微发力,除此之外,什么都没有发生。阳光炙烤着乔被汗水浸透的衬衫、流着汗的额头,以及他的两只胳膊。不过,乔此前经受过太阳的暴晒与汗流浃背的考验,他早已把这些寻常的苦难置之度外了。骄阳与汗水只是生活的一部分,就像大雪和寒冰一样。谁都逃脱不了它们的控制,谁都拿它们没办法。乔不清楚还有谁会想要违抗这些自然现象。要是太阳不再发出光和热,那么庄稼就不会生长;或者太阳虽发出光和热,若没有融化的雪水来充盈地下的水库,庄稼无论如何也不会生长。对任何人来说,这应该都是显而易见的简单道理。

当铁铧撕开地面之后,肥沃的棕壤被干净利索地翻了出来。灼热的太阳在那道被撕裂的伤口上面烙了一层痂。乔一边目不转睛地看着那两头骡子,一边等着那只苍蝇来叮咬自己——此刻,乔仿佛不是"一个自己",而是"两个自己"。

这两个自己当中的一个,体验着一种充满灵魂的平静。犁地是一件美差,鼻孔里充满新翻的泥土的气息,这些事情都有着象征意义。大地虽是一座巨大的宝库,但财宝不是随便就能诞生的,它只等待着那些身强体壮的人——那些愿意为它流汗、出力的扶着犁头的人。像那样的一个人比谁都有福气。

另一个自己却很愤懑。乔不怀疑自己的力量,因为他能根据需要,自如地掌控犁沟的长度。他只是不喜欢受制于人,犁地这种活儿不能受一丁点儿的强迫,否则他将无法一展身手。

身高六英尺的他弯下瘦削的身体,刚好完美契合犁地需要的节奏。他用两只黝黑的、毛茸茸的胳膊控制着犁头的把手,力量运用得恰到好处。乔完全不用双手,而是用一种得心应手的方式,操控着他后背上的被盘成小圈圈的骡缰绳。他的几绺花白头发需要理一理,黑色的长胡子给他那张脸笼上了阴影。他看上去大概有五十岁。三十四岁的他原本应该有着一张更年轻的脸才对。

乔很少刻意地思考自己和自己的工作。在此之前,他犁过很多很多的犁沟,对他来说,犁地就像呼吸一样自然。他甚至已经很久没有在乎过自己身体的比例了。他曾幻想过自己是一个朝气蓬勃又英姿飒爽的青年。有时候这一幕很像发生在多年以前，有时候又很像发生在昨天。那时他十九岁，他向爱玛大献殷勤。那是预料之中的事情。这个世界不仅让他美梦成真，而且还有最纯净的珍珠宝贝等着他呢。

那是发生在昨天的事情，而昨天迷失在薄雾中的某个地方了。每天早晨，那场雾就像一块蓝色的裹尸布，笼罩着低矮的连绵不断的群山。眼前的是今天，而今天意味着工作。不过无论如何，昨天的那些梦并没有随着时间的流逝而消散。

昨天的梦已经被今天的梦所替代，而今天的梦，也许是由一个人想拥有的东西所构成的——这当中没有不合情理的东西，它们不过是些普普通通的东西而已。比如说，一个人独自拥有的一块相当大的、自由的土地；一组额外备用的骡子；一座能哄爱玛开心的花园——也许就是小山脚下的一片小果园；给爱玛和花枝招展的芭芭拉的一些漂亮的衣服；给四个年幼的孩子的一些玩具；而这当中最重要的，是彻底走出不知能否承担下一次的家庭支出的轮回。就一个人想拥有的东西而言，这些看上去并不过分，然而，这当中的绝大多数仍然还只是一个可望而不可即的梦。

乔向上吹了一口气，看看能否让那只苍蝇滚蛋。当苍蝇并没有离开时，他越发气恼了。乔始终是一个在片刻之间很容易被情绪左右的人。在许多次的片刻之间，总是充满着让人必须立刻做出应对举措的一些事情。姑且不论其他片刻间的情形如何，就眼下这一刻来说，矛盾的焦点集中在那两头易怒的骡子和一只肯定马上就要咬人的躁动不安的苍蝇上。

乔差不多来到了犁沟的尽头,那只苍蝇依然满足地在他的太阳穴周围乱爬。它时不时停下来扇动着翅膀,或是清洁自己纤巧的双腿。乔越来越憋不住了,要不是期待着在被它叮咬后那"啪"的一声让它粉身碎骨的巨大快感,他早就把它轰走了。

乔与两头骡子走到了犁沟的尽头,他准备让这组骡子掉头,这时,那只苍蝇第二次叮咬他。那是突如其来的一下刺痛,有几分像针扎一样,但是,它又不像针扎后伤口的疼痛那样会渐渐地消失。那只苍蝇将一根血管刺破,现在它要开始拼命吸血了。乔·托尔早已怒不可遏,要是换成另一个人的话,可能已经骂开了,但他什么话也没说。

乔松开了犁头右侧的扶手,以便抬手狠拍那只苍蝇。他浑身上下涌起一阵巨大的快感,因为这是他第二次等着那只苍蝇前来送死。可就在这时,两头骡子开始不老实起来。

两头骡子瞅准了时机,它们不单单知道该干什么,而且非常清楚该怎么干。它们越过脚下前行的路径,各自掉头离去。两头骡子朝前跃进,把埋在泥土中的铁铧拖到了地面上。乔没有选择拍死苍蝇,而是用右手抓着缰绳,努力将骡子拉回来。

这一拉,钢制的骡嚼子吃上了力,两头骡子张开了嘴巴。不过,它们的脾气特别倔强;乔同样倔强地把跟他作对的两头骡子拽了回来。在此期间,他腾出左手,以便帮着右手使劲。当他最终制服这组骡子的时候,那只苍蝇已经飞走了,唯有脸上的隐痛还提醒着自己它曾经的光临。

有那么一阵子,乔觉得浑身乏力,无精打采。仿佛此前所构想的某个伟大计划，原以为会大获成功的，可恰恰事与愿违，那个计划最终完全泡汤了。接下来,乔还是机警地看着那两头骡子,他让它们回到正道上来,然后扶正犁头。

此前的一番用心以及做事的愚蠢方法,给了自己有力的一记重击。为了通过拍死一只苍蝇让自己被压抑的感情获得释放,他竟然制订了严格的计划。乔咧嘴笑了,他休息了一会儿。

在一座郁郁葱葱的小山上,有一小群吃草的牛。乔迷茫的目光越过自家的农场,投到了那座小山上。乔向往地看着那群牛。它们是皮特·多姆利的牛。乔突然百分之百地相信皮特是密苏里州最聪明的人。皮特用不着操心如何经营一座农庄,他只需要懂得如何把公牛与母牛正确地分开,并借老天之力养肥它们就够了。毫无疑问,养牛户可谓占尽了种种便宜。一个人要干的活儿,如果仅仅只是在各个季节里挑选出需要屠宰的牲口,并把多余的卖掉的话,那该是多么幸福啊!

乔没敢让自己休息太久,因为烈日当空,他必须抓紧时间下地干活,可他感到进退两难。在此之前,他买下了一块八十五英亩的土地。为了这块地,他还欠吸血大耳窿伊莱亚斯·多兰斯四百美元的高利贷。今年秋天,伊莱亚斯希望他支付一笔欠款。如果乔没有把地犁好、把庄稼种下去的话,他就没有可以出售的农产品,也就没钱。伊莱亚斯是从不乐意傻等着债户还钱的。然而令人称奇的是,事情总不按人们期望的那样进展。

在结婚之前,乔就知道爱玛不想离开她的爸爸。老迦勒·温思罗普是一个喜怒无常的鳏夫。自从爱玛的妈妈死后,她一直伺候着她的爸爸。爱玛能够原谅他的粗鲁与专横,因为她深深地同情孤独的他。在乔当了他家上门女婿之后，爱玛甚至会劝慰乔，说老迦勒说的话是"言者无心"；另外，他要记得"车到山前必有路"。

在这之前，乔有过自己的怀疑，但是他都放在了一边。婚后他对附近的一座小农场略有兴趣，但是他放弃了，他搬过来帮他的岳父干活。

不过，并没有出现所谓"车到山前必有路"的转机。乔坚持工作，一干就是五年的漫漫时光。在此期间，那个老头隔三岔五地数落他，这让乔十分苦恼。迦勒想让他们明白，这座农场有一天会是乔和爱玛的，然而，在他的眼里，乔似乎从来就没有做对过什么事情——即便他做对了一件事，那也是在一个不恰当的时间点上歪打正着的结果。迦勒如果是直接对爱玛发脾气，对于他恶毒的言语，女儿历来很容易就能做到忍气吞声；但当迦勒针对乔做的什么事情开始嘟囔，并接着大声叫嚷时，爱玛的心里就不得不忍受着极大的痛苦。

终于有一天，当迦勒又一次对乔进行连绵不绝的抱怨时，爱玛让乔和她一起到外面去，她有话要对他说。

夫妻俩一起朝牲口棚旁边的一棵大树走去。当他们赶到那里之后，爱玛朝乔转过身，看着他既疲倦又生气的眼睛，她把一双手搭在了他的胳膊上。当乔攥紧放在口袋里的拳头时，爱玛觉察得到他的肌肉迅速绷紧。

"乔，"爱玛说，"我错了。我真不该把你叫到这里来帮爸爸的忙。"爱玛的脸红了，"他对你大喊大叫的时候我真的受不了。我心里实在是难受极了。我……我实在很痛恨他！"

乔把一双手从口袋里拿出来，把她揽到自己的跟前。爱玛把头垂在他的肩膀上，流下了伤心的眼泪。乔把自己因劳作而变得粗糙的手放在她柔软的头发上。他轻轻地抱着她，并稍微摇了她一下，因为他觉得爱玛要作出一个决定，一个艰难而痛苦的决定。不管怎样，乔不想影响到她。

当爱玛安静下来之后，她鼓起勇气又开始说话了。她的话像连珠炮一样，好像她不得不让这些话尽快说出来似的。"我们不能待在这里了，"她说，"乔！我爸爸那样对待你是不对的，而且他不肯收敛。他一想到你将得到他的田产，就心生怨恨。他那样歇斯底里，是为了让你偿还他一点什么——不是以金钱或做工的方式，而是用其他的方式。这真是卑鄙的手腕。乔，你不值得再这样下去了！"

乔的脸上露出了微笑。他松开了手，这样妻子就能清楚地看到自己开心的样子："爱玛，我祈求过上苍，有朝一日我能听到你说这句话。很久以来，我一直在等待着离开这里的一天，不过我要等你亲口提起这件事才行。"乔一往情深地看着爱玛，却难以用语言表达自己的想法，"爱玛，你不跟我一起走的话我就不能走。我也不能逼你跟我一起走。更重要的是，在离开这座农场之后，我拿不出任何东西来养活你。我不得不以雇工的身份在这里干活，直到我们积攒了足够的钱，能给自己买上一块土地。"

爱玛把脸埋在他的肩膀上，她随后说的话乔听得就不太清楚了："乔，我需要对爸爸讲明我们的情况。我知道你想离开这里，我在很早之前就知道了。可是当时我害怕对爸爸说出来。我觉得自己总是害怕他，但是我没有意识到这一点。一直以来，我只是以女儿应有的态度去尊敬他。但是当我听到他对你大叫大嚷的时候，我感觉到了自己从来不知道的东西。我可以冲着爸爸发疯，可以对他大发脾气，我再也不怕什么了。我现在就可以到他那里去，告诉他我们已经受够了！"

接着，爱玛抬起头来，说："你想看到我那样做吗？"还没等乔表明态度，爱玛就像一头鹿，飞快地跑回屋子里。乔追上去，当他喘着气进门时，他看到爱玛站在迦勒面前，目光如炬。她大声而清晰地说："爸爸，我们已经受够了！"

除岳父之外，乔此前还以雇工的身份为其他庄稼户打过八年长工。身份低微本身并没有让他感到烦恼，让他十分焦虑的是：除了吃穿住方面的生活必需品，他几乎很少能为家里人提供其他的任何东西。在他的内心深处，他相信家里人需要更多的东西。一棵参天橡树不可能在一个花盆里长得枝繁叶茂。如果总是处处受到限制，一个人就没法活得像个人样。

去年爱玛拿出六百美元来，让他大吃一惊。这是妻子多年来一点点积攒下来的钱。两百美元拿去买了地，四百美元用于购置种地之所需：两头骡子、两头奶牛、挽具、犁头和耙，以及其他的许多东西。这些东西若是逐一添置的话是不会觉得很贵的，但一次性全买下来就是一大笔钱。可是现实中的矛盾并没有得到真正解决。尽管他是干好当前农活的不二人选，但他也有一些憎恨这件差事的情绪。肥沃的土地意味着好收成，而好收成是令人无比欢欣的事情。乔察看了一下他已经翻过的地，他仿佛看到地上为伊莱亚斯·多兰斯铺上了一排美钞。他不安地想起了自己的生活方式，他想知道儿子们和女儿们长大后是否也不得不这样为他人作嫁衣裳。接着那种不安渐渐消失了，变成了一种若隐若现的激愤。

乔扶着犁头翻出了一道道犁沟。翻地是一种需要出力而累人的农活。当乔强迫自己再多翻出一道犁沟的时候，他先舔了舔嘴唇。他对这种拼尽全力地干活、尽可能多地流汗感到高兴，因为这样一来，随后的夏日畅饮越发令人心满意足。乔调转过犁头，准备再翻一道犁沟，他让骡子们停在它们行走的路径上。在犁过的田地尽头，有一棵枝繁叶茂、伸展着绿色枝丫的梧桐树。乔朝那棵树走了过去。他把一些枯草拨到一边，一只粗陶土制成的棕色水罐露了出来。

乔看着这只水罐，有那么两秒钟，他故意假想着：在夏日的劳作中自己如果没有这番畅饮的享受会是什么感觉。水罐各侧的陶面上缀着细密的小水珠。当水罐躺在梧桐树下的浓荫里的时候，它看上去那么诱人。乔跪下来拿起水罐。水罐凉透了他的手心。他拔下玉米芯做的塞子，把水罐凑到唇边，接着大口大口地把凉水灌了下去。这是夏日劳作场面中固有的一段插曲，是体现其辛苦程度的自然而然的一把尺子。一个从未因重体力劳动而挥汗如雨的人，是不可能体验喝下凉水后的那种快感的。乔的喉咙好一阵舒服，他把水罐放了回去，并重新用草盖了起来。

这一天颇为辛苦，还有几分挫败的感觉。当乔注意到傍晚时分长长的暗影笼罩着田野的时候，这就定格为带着失落感与怨恨情绪的一天。一天就这样草草结束了，但当他意识到一天行将结束的时候,他心里还是升起了一股喜悦之情。当还能借着日光劳作的时候,谁都没有休息的权利。但是稍有常识的人都知道晚间是没法干活的。当不可能劳作的时候,全部时间都可以用于做做美梦,而美梦是生命中非常重要的一部分。

那两头骡子也很清楚它们一天的辛苦结束了,随后乔会和它们一起去草场。当乔为骡子们解套时,它们温顺地站着,没有要踢他的意思。不用拉犁的两头骡子欢快地走着,看上去好像不是刚刚拉完十多个小时的铁犁的样子。乔把骡子们赶到草地上,卸下它们身上的挽具,并把挽具挂在栅栏上面,然后关上身后草场的栅栏门。

乔开始观察起那两头骡子。它们欢跳着,像一对快乐的小马从绿色的草场上走过,接着它们躺在草地里尽情地打滚。在明天早晨到来之前,乔都不会强迫它们再次套上挽具。这多少让他忘记了它们今天把挽带缠结起来的恶作剧。他对着那两头骡子笑了。

在乔的身旁响起了轻轻的脚步声,乔的大女儿芭芭拉走了过来。她有着苗条的身材、高高的个儿,几乎就是一个大美人。她的相貌跟乔或是爱玛仅是稍有相似之处。芭芭拉也许是一百年前甚至五百年前,这个家族里独一无二的某个优雅的人物投胎再生的。在乔的生命中,芭芭拉的到来真的是令他惊叹的一件事。乔不是一个没有想法的人,对于自然之道与人情事理他都一清二楚。但是当他向爱玛求婚的时候,他只知道自己完全陷入了情网,他希望爱玛永远都待在自己的身边。乔从来就没有想过,他们也会养孩子。当时,他还没有想那么远。当爱玛告诉他自己怀了孕的时候,乔几个星期都惶惑不安地走来走去。在芭芭拉出生之前,他几乎不能相信自己有了孩子。

乔说:"你好,鲍比①。"

芭芭拉说:"你好,爸爸。"接着她好像想起来了什么似的,又说,"各种杂活都干完了。"

乔不太高兴地皱起了眉头,却又因自己在疲惫不堪时无须再做家务而感受到了某种慰藉。当孩子们长大到可以拔草的时候,村里有半数的人家就让他们到田间参加劳动,但是乔从来都不喜欢这种做法。他根本不赞同家里的女人参与田间劳动——田间的活儿应该是男人们干的。然而,当芭芭拉长到可以从事这些农活的时候,她立刻加入了进去。她喜欢干活。芭芭拉虽然看起来单薄,但是非常有力气。乔肩上的负担减轻了,因为他再也不用去给那两头奶牛挤奶、给几头猪喂食,或者忙些永远都做不完的事情;但即便如此,他照旧不喜欢女儿忙里忙外的。此刻,芭芭拉唤起了他的父爱,乔温言软语地对她说:"这些家务事你不必伸手。"

芭芭拉笑了,笑得一对眼角起了皱纹,这让乔想起了爱玛。"那些活儿我喜欢干,累不坏我的。"她说。

有那么一阵子乔没有说话,因为他不知道该说什么。一个人如果总是对他的孩子们指指点点,那就显得不近人情了。其实,他对芭芭拉暗暗感到敬畏。这一阵沉默随后变得有些尴尬。

---

①芭芭拉的昵称。

乔问:"泰德呢?"

"他……他在家门口。"

乔皱了皱眉头。这是他预料中的事,因为他的大儿子泰德总是会跑到一个什么地方的。

他们在芭芭拉出生七年后才有了泰德。随后小爱玛、小乔、阿尔弗雷德、卡莱尔先后来到了这个世界上。如果说乔洞悉他们当中某一个人的心思的话,那么他最理解的就是泰德,因为这个八岁大的孩子的想法和做法跟他爸爸像极了。泰德是一个不安分的淘气的孩子,只要是他没有的东西,他就一心渴望得到它。如果有一件他确实想要的东西,为了这件东西,泰德会像一匹马一样心甘情愿地干起活来。

在田野与森林的交界处,有一条黑白相间的混血狗,它喘着气,停下脚步回头期待地张望着。乔的态度变得倔强生硬起来,他知道自己即将看到什么,于是等在那里。不一会儿,泰德在狗的后面出现了,他的肩膀上扛着乔的那支长管步枪,手里提着一串松鼠。

乔的怒火一下子爆发了。泰德喜欢打猎,这并不是什么稀奇的事,因为那是所有正常的孩子都喜欢做的事情。但是一个八岁大的孩子犯不着拿着一支步枪在森林里转悠。而且乔不止一次禁止泰德拿他的步枪出去招摇。当泰德朝他走近时,乔的表情越来越愤怒。

"你干啥去了?"

满脸雀斑的泰德停了下来。现在,在他的每一块雀斑上都写满了无辜。泰德吃惊地瞪着眼睛。乔非常生气。这个孩子的性格很像他，可是父子俩并不完全一样。在对待任何事情的时候，乔都是一个直截了当、毫无遮掩的人，而泰德现在假装出一副无辜的样子，乔不知道自己该如何装腔作势地管教他一番。

"我打猎去了，爸爸。"小家伙答道。

"我不是对你说过别碰那支枪吗？"

"可你今天没有跟我说呀！"

"我没有必要天天都跟你说！"

"我只不过是借它打了六枪。"

乔吼叫的声音是那样响亮，以至那两头吃草的骡子都好奇地看着他："哪怕是拿它打一枪都不行！"

"我打到了六只松鼠。"泰德解释说，"迈克①把它们撵上一棵树，不让它们下来，我就开了枪。不偏不倚，每只都被我打中了头。"

"把枪给我！"乔夺过武器，"再不进屋我就要打你了！"

"好吧，爸爸。"

泰德手里提着松鼠，那条狗跟在他的旁边，他一路小跑着朝家里奔去。在泰德那副理直气壮的神情里找不到一丝温顺或是屈服。乔觉得自己输给了一个八岁的孩子，有那么一阵子他感到不畅快。不过，当一种骄傲的情绪在他心中升起的时候，对于这种让他愁眉不展的想法他也就释然了。不管在哪里，六枪打中六只松鼠，都是不错的枪法。如果这些小家伙心里面没有一点儿邪恶的想法的话，他们也很难展现出他们全

---

①泰德的爱犬名。

部的自然的天性。尽管如此,乔必须把枪放在泰德够不着的地方。也许是在今年秋天,或者,当他能从田间的劳作中抽出一天时间的时候,他就会带着泰德去打猎。这也许是个好主意。如果泰德对枪支的安全使用有把握的话,乔真的不在乎他使用那支枪。

芭芭拉去关鸡笼。乔手里拿着枪,朝舀泉水的小棚子走去。他把枪靠在棚子旁边,打了满满一桶水。一条木板凳上放着一只木碗,他把那桶水朝碗里倒了一些。他一边用碗里的水洗脸洗手,一边舒服地叹着气。这是一天收工时的最后一道程序,也是他一直在等待的一刻。洗去满身汗水与尘垢,同时把一天遭遇的种种烦恼也一起洗掉。结束一天的劳作之后,几乎就像获得新生。

当乔朝家里走去的时候,他的脚步又增添了新的活力,他的脑子里又跳跃着新的想法。尽管记得不是很清晰,他还能回忆起爱玛还是一个可爱的年轻姑娘时的样子。现在爱玛变得越来越成熟了,在她的脸上可以看出因艰苦劳动、生儿育女和操心劳神而留下的岁月的痕迹。不过对乔来说,在生活的历练当中有着某种东西于他十分相宜,甚至让他精神焕发。一棵大树不可能永远保持小树苗时的优雅。它不能不成长,并在成长中变得茁壮,以抵御冬天的狂风、夏日的暴雨,还有火灾,以及对它构成威胁的其他灾难。在成熟的爱玛的身上,乔发现了一种坚强的力量与信念。他记不起她做姑娘时是否表现过这种特质。婚后,伴随着这种力量与信念,他们之间的爱意越发深厚。乔见到妻子,吻了她一下。爱玛朝后退了几步,笑了。

"今天还好吗？"

"还不错。"

爱玛的目光落在那支枪上，她疑惑地皱起了眉头："泰德又拿了你的枪吗？"

乔咧嘴笑了："嗯。"

乔把那支枪拿到他和爱玛的卧室，高高地挂在靠近天花板的两根木楔子上。乔皱着眉头对枪看了一会儿，然后他放心了。他够得着那支枪，但泰德够不着，除非他站在什么东西的上面。要是泰德试图拿枪的话，爱玛就会听到声音，并出来阻止他。

泰德在门外把他抓到的松鼠开膛破肚。芭芭拉去了小溪边，她要采集一小把野花放在餐桌上作为装饰。乔刚坐到椅子上，年龄较小的四个孩子就围了上来。他弯下腰，把他们抱到膝头上，孩子们像柔软的小猫咪一样依偎在一起。

"今天，当我在地里的时候，"乔打开了话匣子，"我遇到了一头大灰熊。它的嘴有这么宽……"

乔摊开双手，比画着那头灰熊的嘴的宽度，并用手指头演示灰熊的牙齿的长度。为了让孩子们发出快乐的尖叫声，他轻轻地胳肢着四个小家伙，并且轻轻地啃着他们的小手小脚，以表现自己是如何被那只灰熊咬伤的。

每天晚上，爱玛都是这样站在乔和窗户的旁边，她欣赏着丈夫在逗孩子的过程中获得的单纯的快乐。爱玛始终爱着丈夫，这几乎是从她的目光第一次落到乔的身上的那一天开始的。当时两个人都来到商店的柜台边买东西。爱玛要买一块印花布做围裙，乔想买些钉子修补栅栏。乔展现出的那种强健有力又从容不迫的样子吸引了爱玛的注意。这是一个稳健沉着的男人,他说起话来慢条斯理,脸上带着微笑。不过,他的眼睛不经意间会突然流露出顽皮的眼神。为了吸引乔的注意,店主从刚进的一批货里面拿起一小壶枫糖浆,并问他:"这里有你喜欢的东西吗?"见到爱玛,乔心荡神迷,他不假思索地说:"当然有了。"乔拿起那壶枫糖浆,掂了掂分量,又紧盯着爱玛吃惊的眼睛说,"亲爱的,我敢肯定我喜欢。"接着,肯定是愚痴占了绝对的上风——乔把钱砸在柜台上,从店里跑了出去。乔手里拿着壶,枫糖浆几乎泼到挡在他路上的一只箱子上。

想起那次偶然的初次相逢,爱玛笑了。他们婚后的生活虽然艰辛,却充满了柔情蜜意和彼此的分担。和爱玛的爸爸在一个屋檐下生活的五年,磕磕碰碰,沉闷无趣,芭芭拉的降生成了摆脱迦勒的一根救命稻草。芭芭拉就像干涸的大地上的一片绿洲。有迦勒在场,夫妻俩的情感会凋谢甚至枯死;而当他们跟小女儿独处的时候,夫妻俩的感情又得以生长开花。

芭芭拉一出生,乔就对她着了迷。每一个孩子的降生对他来说都像一个奇迹。他是一个好男人,一个好爸爸。毋庸置疑的是,乔身上那种心神不宁的情绪有时会吓着爱玛。他喜欢劳作,不过只有当是为自己、为他的小家庭辛苦的时候他才心甘情愿。在此之前,乔抑制着内心的愤怒,忍受着迦勒的指手画脚。在爱玛看来,他的怒火看上去就像是强压着的龙卷风。尽管乔努力做到把自己怒气的绝大部分隐藏起来,但他的狂怒有时还是会从他充血的眼睛里、从那苍白的嘴唇上流露,或是体现在他大步流星走出去犁地或拉开牲口棚大门的方式上——这让爱玛在内心深处紧紧地打上一个忧虑的心结,并让自己变得坚忍起来。乔时不时想到要独立自主,做自己的主人。来自伊莱亚斯·多兰斯的借债压得他喘不过气来。他所承受的压力比爱玛所感受到的还要大。因为在他的内心,燃烧着获得独立的渴望;那片土地不是他自己的,他只有把欠下的钱一分不少地还清,才能拥有它。对如此赤裸裸的现实,乔感到非常愤慨。

爱玛一声短叹,虽然乔身负重债,但她希望他不要如此偏激。如果乔没有那样焦躁不安,她能更充分地享受家庭的温馨。对她来说,这个家在这一年里变得如此珍贵。孩子们聚在乔的膝头上扭着身子咯咯地傻笑,爱玛则将眼睛从他们身上移开,不知有多少次,她像现在这样一点点深情地细细审视着房间里的每一件家具。这些家具绝大多数都是乔亲手打制的。每一件家具该放在哪里、派什么用场,夫妻俩都曾经讨论过、计划过。那个小碗橱被她擦过一遍又一遍,亮得如同一把铜壶,里面装着他们最好的碗碟。在微风中飘扬的那些窗帘,是芭芭拉和爱玛趁其他人晚上睡下后一针一线缝出来的。一盏盏油灯被擦得锃亮,连他们家的烟囱都一尘不染。看得出,房间里的每一个角落都曾被他们仔细地打理过。爱玛喜欢这间房以及房里的每一样东西。陪伴着乔和孩子们,爱玛全部的生命都是在这间屋子里度过的。虽然度日艰难,但生活非常丰富和充实。如果没有乔那些焦躁不安的瞬间,那就实在是太完美了。

芭芭拉走进来将一把花插在餐桌上的一只杯子里,接着她和爱玛动作麻利地把饭菜摆在餐桌上,四个孩子从乔的膝盖上溜下来,饥饿地围拢到餐桌边。泰德走了进来,他的脸和双手都很干净,被水打湿过的黑头发整齐地朝后梳着。他把处理过后的松鼠放在一张毛皮上拿了进来。泰德把松鼠放在一条木凳上,接着几乎是跳着坐到他的座椅上。爱玛双眼含笑,乔也笑了起来。他们彼此意会了那些夫妻之间此前不知低声问答过多少遍的没有说出口的话。

爱玛问:"你已经干了很多活了吗?"

"干了不少。不过那两头该死的骡子……"

乔把两头骡子制造的麻烦说给她听,可是当他说话的时候,自己好像变成了另一个什么人在说话似的。他不能理解这种错觉,因为这超出了他的理解能力。用犁头翻开泥土,把新一茬的庄稼种下去,这些活儿永远都是那么美好。人们要靠这些生产活动才能过日子,从一出生就是这样生活的。可是……

他的每一根神经、他的直觉,还有他的心都在告诉自己,在沃土里蕴藏着不可思议的奇迹。那是曾让他发狂的体验——作为一名雇工,他能感受并且触摸到那种神奇的力量,可是他自己却不拥有那些土地。他曾经想过,在有了自己的土地之后,这一切将会发生改变,可实际上一切依然如故。以前,他的雇主靠他的劳动获得了收成,他也因此挣得一份薪水。现在,他只是给伊莱亚斯·多兰斯卖命。和以前一样,他能给家庭提供的只是一些基本的生活用品。乔低头看着他的空盘子。

爱玛充满理解的目光落在了他的身上。她说:"乔,你为什么不出去散散步呢?"

"哎呀,你看你看,我正要出去散散步!我可以到坦尼店里去散散心！"

"为什么不去呢？"

"我这就去。"

通往坦尼家的杂货店的小路上洒满了星光，乔循着那条路前进。坦尼店前十字路口的旁边有六幢房屋，杂货店位于这些房子的正中间，它是附近十里八村的村民的乡村俱乐部。如果真打算要去哪里走走的话，大多数人想到的，除了在星期天那天到教堂去，就是到坦尼家的杂货店里去。看着满天繁星，乔被一种看似很奇怪的想法所触动：在这之前，他从来都没有见过天上有如此繁密的星星。

一只鸟在远处的阴影里叽叽喳喳地叫着，乔停下了脚步。他熟悉本地所有鸟儿的叫声，他几乎能非常逼真地模仿所有的鸟鸣，但是此时他不能确定那是一只什么鸟，这让他感到困惑。乔打算给自己一个满意的解释：那是一只流浪的鸟，而且它鸣唱时有几分跑调。

乔十分专注地琢磨着那只鸟，几乎都没有意识到他已走到了坦尼店前的十字路口。借着早早升起的月亮的微光，他看到一个男人微微倾斜着身体，靠在弗劳利·汤普森家的墙上。乔认出了那个人。他是一个印第安人土著，绰号"油头鬼"。他之所以有那个绰号，是因为他非常喜欢用猪油把自己的黑头发抹得油光水滑。除此之外，他唯一的嗜好就是抓住一切机会把自己喝得酩酊大醉。显然，今天他又喝醉了——他站在那儿几乎睡着了。不过，酒醒之后，他就会马上再去找酒喝的。

杂货店的窗户里亮着两盏昏黄的油灯。乔朝它径直走去。

他看到伊莱亚斯从商店里走出来,却在阴暗的地方逗留——他在等着乔。乔感到心中怒气升腾。乔不会因为其他人拥有的东西比自己的多而不喜欢他们,但是,在任何情况下,他都不可能喜欢伊莱亚斯·多兰斯。伊莱亚斯靠榨取别人的劳动血汗过活,在这个地方绝大多数的人都是自食其力,只有他是个异类。

吸血大耳窿伊莱亚斯说:"你好,乔!"

"你好!"

"播种结束了吗?"伊莱亚斯漫不经心地问。

"你为什么不自己过来看看呢,伊莱亚斯?"

乔从他的身边走过,走进坦尼的店里。他既不去想,也不在乎自己把债主拒于千里之外的这件事情。伊莱亚斯并非是个与人为善的人,他只不过是想先试探一下,看看今年秋天自己是否能拿到那笔欠款,或是考虑一下他是不是需要取消乔购买农场的权力。要么拿到还款,要么收回土地,无论哪种方式,对他来说都一样。即使献上再多的甜言蜜语,也阻挡不了伊莱亚斯收回他的应收款。只要有利可图,他不会在乎别人对他的冒犯。伊莱亚斯是一块海绵,他无所不贪;但是任何于其不利的东西,他又善于拒之门外。

乔把伊莱亚斯抛之脑后,走到店里。店内前后两侧各点着一盏煤油灯,在两盏灯之间,堆放着像这样的一家商店应该储备的各种各样的商品。莱斯特·坦尼什么东西都卖。小到一根针,大到农场用的四轮运货车,而且各种商品的库存量在任何时候总是不多也不少。这并非出自巧合,走遍天下,莱斯特·坦尼都会是一个了不起的商人。他对买家的确切需求有惊人的预见能力。谁都不必等着在他搞特价促销的时候才买东西,或者需要等他跑到圣路易斯去进货。

莱斯特·坦尼是个高个子,他枯瘦的身形使他显得更高。当乔走进店里的时候,坦尼正在一组货架上重新整理商品。一小撮棕色的头发在他光秃秃的脑瓜上绝望地守着最后一块阵地;不过,在最初好奇的一瞥之后,人们只能注意到店主那双眼睛。莱斯特·坦尼的一双眼睛清澈而又湛蓝,一眼看不到底,近乎两小片蔚蓝的天空。店主亲切地对乔点了点头,向他热情地打招呼。

"晚上好,乔!"

"你好,莱斯特!有什么新鲜事吗?"

店主朝聚集在店后面那盏油灯下的一小群男人点头示意:"比伯斯·汤利回来了。在刚才的一个小时里,他谈起自己在西部的冒险经历,让我们这些庄稼汉听得着了迷。"

"那你的意思是……"

"你也去后面听听吧!"莱斯特·坦尼劝告说,"他讲的可值得一听啊。与比伯斯叙事的口才相比,马可·波罗、克里斯多弗·哥伦布、丹尼尔·布恩都只能算是不入流的了。"

乔很感兴趣地朝店后面的那些男人看过去。皮特·多姆利身高五点二英尺,是一个小矮个儿,他一言不发地背靠着一只圆鼓鼓的取暖炉。在这个季节,已经不必生火了。燕西·伽罗和卢·伽罗兄弟俩也在那里,他们细瘦个儿,被太阳晒得黝黑。乔还看到了汤姆·阿本德老头、泼辣的珀西·珀尔、约翰·杰拉蒂、费勒斯·康普顿、约押·费里斯还有兰斯·特里维廉。这些人都是多年的老相识，随着岁月的流逝，他们之间的关系变得越来越亲密。他们曾肩并肩扑灭森林大火；小溪水因雨暴涨，他们奋战在抗洪一线；他们为那些屋舍遭受火灾的人修建新的住宅或牲口棚；他们还一起打猎，一起捕鱼。在他们当中，找不出两个彼此为敌的人。

看到这些人，乔就像是看到了自家人一样，因为有他们在场，他感到很高兴。乔的目光被一个年轻人吸引了过去。那个小青年坐在柜台上，右腿翘在左膝上，一副漠不关心的样子，他就是比伯斯·汤利，看起来跟以前并没有多大的变化。

三年前，当比伯斯还是一个十八九岁的小伙子的时候，他从坦尼店前的十字路口离开。在他打算离去的时候，他做了一些准备。

在比伯斯辞别的前几天，他消失了踪影。当他回来的时候，他骑着一匹纯种的良马，马背上是崭新的马鞍，还带了两把崭新的柯尔特式左轮手枪，以及看似永远也用不完的弹药。两把明晃晃的枪在他的屁股上挂了两个星期。他到处显摆，逢人就说找不到一个足够大的乡下小镇可以容得下他。比伯斯吹嘘自己是一个有才能的人，他打算到西部去，那里有男人们发展的广阔空间。只要稍微受到一点刺激，甚至根本就没有受到刺激，比伯斯就拔出一把枪，或者双枪在手，对着目标举枪便射。

乔悄悄地蹭了过去，他很感兴趣地看着比伯斯·汤利。在乔出生之前，这里的居民就开始朝西部进发。坦尼店前的十字路口旁已经有四户人家迁离了，乔自己也曾经考虑过到西部去。不过，一个男人可不是那么容易说搬走就搬走的。起码在有了六个孩子需要考虑之后，他不会说走就走。

"你们看看，"当乔加入人群中的时候，比伯斯正在说，"我是怎么受的这道伤的啊？"

比伯斯·汤利扬起右手，以便让那群男人看见一道白疤。那是从小指的根部斜穿手心并延伸到大拇指根部的一道伤痕。大伙儿犹豫不决地沉默了一阵子，乔感觉到，在他的朋友们当中产生了一种轻蔑的情绪。乔微微笑了一下。在这之前，坦尼告诉过他，比伯斯已经说了有一小时了，很显然，他已经撒了一个小时的谎。但他仍能在一定程度上吸引着听众，因为他说出来的话让这些人觉得有意思。还有一部分原因，那就是这些庄稼人从来都没有去过西部，他们并不能完全搞清楚比伯斯的实际经历与他编出来的这些故事之间有什么不一样的地方。

"你把手伸到了教堂的捐款箱里，"珀西·珀尔平静地说，"可是牧师把他的刀放在里面。你以为抓到了钱，实际上你抓在刀刃上。"

比伯斯·汤利的脸上露出暴怒的表情。他双手撑在柜台上，好像是要从上面跳下来。珀西·珀尔冷静地站着，毫不畏缩，比伯斯·汤利又坐了回去。没人知道珀西·珀尔是靠什么谋生的。他从来不工作，也从不干农活，他经常跑出去很长一段时间。但他一直有一匹好马，需要的东西样样都不缺。不管怎么样，既然他从来没有在坦尼家门前十字路口一带干过任何不靠谱的事情，那么也就不妨免去对他的诸多追问。当前，有关珀西·珀尔的传言是他擅长用刀，而且枪也使得不赖，对此，谁都找不到什么质疑的理由。

"你想借事找我麻烦是吧？"比伯斯气势汹汹地质问他。

珀西耸了耸肩，一副冷若冰霜的样子："有问有答啊。"

"闭嘴，珀西，"卢·伽罗叮嘱他，"让他说下去！"

"是的，"费勒斯·康普顿随声附和着说，"让他说下去。"

"好吧！"珀西同意了，"比伯斯，你接着讲吧！"

比伯斯根本就没有取胜，但他拍着胸脯自认为赢得了胜利。"那是一次遭遇战，"比伯斯说，"这道伤疤是在与阿帕奇人的一次战斗中留下的。那是发生在亚利桑那州的一件事……"

有那么一会儿，乔津津有味地听着比伯斯和八个阿帕奇人之间发生的骇人听闻的战斗故事。比伯斯朝他们中的六个人开了枪，与最后的两个人展开白刃战。当故事开始变得非常荒唐的时候，乔陷入了沉思。

比伯斯是个大骗子，他一直都爱说谎。然而，从这个乡里十个地方挑选十组男人，爱讲大话的人所占的比例一定都是相近的。事实上，不管哪里都会产生一定比例的爱吹牛的人，因此就不必因为这些人而对这个地方产生不好的印象。想到这里，乔释然了。

假如一个人拥有了土地和土地上的一切，他的生活会是什么样？他还是要工作的，不过呢，起码在他整个内心都要打上死结、心理压力积累到快让自己爆炸之时，他是不必强迫自己去劳作的。当心情糟糕到这个地步的时候，假如不是迫于伊莱亚斯·多兰斯的压力，乔可以花上一小时的时间去打猎、钓鱼，或是仅仅散一散步。如果土地只是乔和上帝之间的契约，而不是跟吸血大耳窿之间的某种交易的话，他的心情会有那么苦闷吗？

此刻，他的心中充满了对于未知世界的无限的向往！如果一个人不亲自去那里看一看，他是不是就无法从这种压力下自我解放出来呢？

"有一次，在索诺拉省……"比伯斯·汤利又开始向他的听众讲起另一件不太可能发生的冒险经历。乔没有多大兴趣地听着。他的目光越过那只火炉，不过他看到的是自己脑海中升起的想象。突然，乔插了一句嘴。

"那里的土地是什么样的？"他大声问。

"土地？你是问土地吗，我的朋友？你想知道在西部他们是怎么丈量土地的吗？我告诉你吧。"

比伯斯·汤利立刻开始了他的讲述。他所说的不外乎是自己如何骑着马向西直行了三天，然后向南三天，向东三天，再向北三天，圈出自家的土地范围。最后他回到了起点位置，他跑马一圈所获得的土地全都是他个人名下的。

乔厌恶地吐了口唾沫。

"你要走了吗？"约翰·杰拉蒂问乔。

"我一直想着要走呢。"

"我也是。"

乔从人群中溜走了。他的一双脚轻快地踩在洒满星光的小路上。家里的窗帘已被拉开到两侧，他看见了那片明亮而欢快的港湾。他必须立刻赶回家去，把自己的见闻告诉爱玛。

第二章　讨论

乔离开家之后，爱玛在餐桌旁边安安静静地坐了一会儿。和平时一样，当乔离开她的时候，她感到孤单，情绪还有些低落。即便是乔上午下地干活的时候，爱玛也在等着他回来吃午饭的那一刻。如果乔不想为回家吃饭耽搁很长时间，宁愿在田间地头填饱肚子，爱玛就会为他送饭。不管什么时候，她都能为自己去送饭找一个看似可信的理由。不过她并非每次都能如愿，因为芭芭拉坚持要给爸爸送饭。想到这里，爱玛笑了。芭芭拉认为她在分担妈妈的工作，而实际上她夺走了妈妈的一项特权。

　　"妈妈，你在笑什么？"芭芭拉问。

　　"我想起你爸爸了。"

　　芭芭拉好奇地看着她，爱玛什么话也没说。在芭芭拉的少女时代，她一直是个可爱的孩子。有些人情世故，芭芭拉还要过上几年才能理解，现在就把这些事解释给她听只会是白费口舌。"结发为夫妻，恩爱两不疑"，年轻时代那种突发的激烈情感不过是最初的几束火焰罢了。倒是在现实中,在年复一年的共同劳作与艰苦奋斗里燃烧的那把暗火,将两个人捆绑在一起,真正地合二为一。只不过年轻人怎么也不可能理解,唯有实际经历过之后才会明白这个道理。

爱玛扫了可爱的女儿一眼,故意装出一副漫不经心的样子。芭芭拉即将迎来她十五周岁的生日,在过去一年多的时间里,前来求婚的人踏平了乔家的门槛。他们都是些呆头呆脑的家伙,一个个愚不可及,不解风情。他们在芭芭拉的面前心慌意乱,又总是结结巴巴,词不达意。芭芭拉几乎是以一副高不可攀的姿态接受他们的来访,在此期间,真正让她芳心萌动的人一个也没有出现。这让爱玛感到很高兴。她自己是十六岁时结的婚,这已经够早的了。想起露西·特里维廉,爱玛为她既感到遗憾,又觉得好笑——在此之前,露西家十五岁的女儿玛丽被家里人催着去和十里八乡合适的男人们一一见面,现在第二轮的相亲活动又依次开始了。婚姻大事不只是给自己找一个男人。对芭芭拉来说,必须是找一个适合她的男人。爱玛希望女儿能像自己遇到乔一样,找到同样的幸福。

爱玛又看了看女儿。芭芭拉像做梦一般地凝视着她。

"你为什么不和爸爸一起到商店去呢?"

"我才不愿意跟那帮男人在一起!"

芭芭拉若有所思地说:"我知道你会觉得不方便,可是你操持家务也很辛苦。要是爸爸能够通过去商店让自己放松一下的话,那你应该也可以。"

爱玛笑了:"那种地方不适合我去,就像你爸爸不适合做针线活一样！”

"我结婚以后，"芭芭拉坚定地说，"我的丈夫走到哪儿我就跟到哪儿。不管什么地方！"

泰德嘲笑般地哼了一声，他从椅子上站起身去磨他喜欢的刀。

"泰德，别取笑你姐姐。"

"我'没什么'①也没说。"泰德抗议道。

"是我'什么'也没说。"爱玛纠正他说的话。

"是的，妈妈。"

"你再说一遍我听听！"

"我什么也没说。"泰德含糊地重复道。

爱玛转过身去，这段小插曲来了又去，大家很快就忘了。爱玛有一种本领，她能吸引孩子的注意力并让他们肃然起敬，却从不给孩子留下心灵的创伤。

有时候爱玛也会想一想自己在婚后的这些年里发生了哪些变化。最初她是一个敬畏父亲的温顺的小姑娘；继而她远远地仰慕着乔，而当乔向她求婚的时候，她又吃惊得说不出一句话来；在婚后应对孩子们的岁月里，她养成了坚定的性格，同时又确立了自己的威信。当孩子们还小的时候，乔喜欢和他们玩耍；当孩子们一天天长大的时候，乔欣赏着他们；而当遇上需要惩戒教育的时候，他似乎无所适从。乔有时候对泰德暴跳如雷，有时候会对着他的侧脸就是一巴掌，有时候则绝望地转

①原文此处，泰德把 anything（什么）错说成 nothing（没什么）。

过身去;而面对其他的小弟小妹们,乔不知怎么的又显得唯唯诺诺,于是教育孩子们的工作就落在了爱玛的身上。也许是因为乔觉得那些年幼的孩子是可爱的小生命,而平常的一顿训斥对他们显得有些不合时宜。不管出于什么样的原因,爱玛发现,多年以来,当她和丈夫就孩子们大大小小的事情互相讨论的时候,多半是乔作出实际的决定;但当执行那些决定的时候,常常又只是爱玛一个人做主。她无奈地笑了。爱玛把自己早年的胆怯小心谨慎地掩藏起来,对此谁都没有察觉,甚至连乔都不知道! 在家里,但凡是关系到孩子们的问题,爱玛毫无疑问地扮演着主心骨的角色。

小爱玛从她的椅子上滑了下来,又爬到妈妈腿上,把头靠在爱玛的肩膀上。爱玛用一只胳膊轻柔地环抱着她。

爱玛知道乔对芭芭拉有几分敬畏,对泰德则是平等视之;而另外四个小家伙因为年纪尚小,都还没有形成独立的个性,乔把他们当成见了就想抱一抱的可爱的小宝贝。通常来说,能理解这四个小家伙的想法的人还是爱玛。

爱玛不只骄傲于芭芭拉的优雅和美丽,她还能发现女儿身上的其他优点。芭芭拉不是乔所想象的那么弱不禁风。她有着慷慨大方的天性以及一颗微妙而敏感的心,这让她要么拥抱一切,要么排斥一切。有那么几次,爱玛为她担惊受怕,不知道她将会迎来什么样的未来。对爱玛来说,芭芭拉是含苞欲放的蓓蕾,如果这朵花骨朵儿得不到悉心呵护,那它必将遭受毁灭之灾。在芭芭拉最需要帮助的时候,爱玛希望芭芭拉在生活中所表现出的对常识的把握和近乎成熟的判断力会助她一臂之力。

泰德是乔的一面镜子，然而他不是乔。在泰德野性的冲动和鲁莽的行为的背后，爱玛看见了一个还不成熟的男人。泰德长大后将会是一个好男人，和他爸爸一样。爱玛希望这个儿子将来成为一个有能力和才华的人，当爱玛抱着这样的期待的时候，她并没有觉得自己是一个离经叛道的人。乔就是那样期待他自己的——他要为儿女们谋取他们需要的一切。

小乔是一个有着极大耐心的孩子。面对一道难题，比如说一条打结的绳子，他始终执着地要解开每一道绳结，直到最终得到一条直绳。爱玛为拥有这个孩子心存感激，她非常高兴，因为她知道，在这个世界上敢于面对困难的人从来都是少数。终有一天，小乔会成为一个了不起的人物。

阿尔弗雷德是一个爱搞恶作剧的家伙。他手脚麻利，头脑灵活，为了找乐或者使坏，他总是抓住一切可乘之机。有一次，他装出一副绝无恶意的样子要给芭芭拉一份礼物，结果他把一只大蟑螂放进了她伸出的手里。当芭芭拉吓得猛地扔掉那只蟑螂的时候，阿尔弗雷德早就笑得直不起腰了。阿尔弗雷德富有想象力，他一直发明各种单人和多人游戏。

卡莱尔天生就是一个爱笑的人，一个能鉴赏美的人。从他很小的时候开始，一只鲜艳的蝴蝶、一根孤零零的光柱、一小截彩色的丝带、一片彩色的叶子都会牢牢地吸引他的注意。他张嘴说出的第一个词，并不是通常的"妈妈"，而是"漂亮"。爱玛把他视为掌上明珠。据说，她家的祖上有一位画家，曾经创作出一些堪称世界名画的画作。尽管爱玛知道自己永远也不会企图指引孩子们的人生,但她还是有一个心愿,一个带着一丝渺茫的希望的心愿:在卡莱尔的身上重现祖先的艺术天分。

不过,比起其他的孩子们,爱玛还是对这个匍匐在她膝头上的头发乌黑的孩子更加珍爱一点。倒不是因为爱玛在这个小女孩的身上看到了自己的样子,而是因为小爱玛是一个有病的孩子。她动不动就突然高烧不止,病魔让她变得苍白而虚弱。他们不止一次对她的小生命绝望过,但是她屡屡闯过病魔设下的难关。爱玛每天夜晚都在祷告,她希望这个孩子能继续这样顽强地活下去。她低头看着小爱玛,这孩子睡眼惺忪地对她露出了一个微笑。

"去睡觉好吗,宝贝?"爱玛哄着她。

"好,妈妈。"

爱玛把她抱到客厅,放到了椅子上,接着她回到厨房,从放在火炉上温着的一只水壶里倒出一锅水。爱玛把小爱玛柔弱的小身子上的衣服轻手轻脚地脱去,然后为女儿洗澡,帮她穿上睡衣,再把她抱到床上。她俯下身对着孩子每一边的小脸蛋各亲了两下,并看着她幸福地依偎在被子下面的样子。这是爱玛必须亲自过问的一套固定程序。芭芭拉可以招呼其他的弟妹们上床睡觉,但爱玛一直照顾着小爱玛。

爱玛回到厨房的时候,芭芭拉怀里抱着咯咯笑的卡莱尔。爱玛顺便拍了拍长着卷曲头发的卡莱尔的脑袋。接着,她开始洗碗,再把她的瓷器小心翼翼地放在新碗橱里。在孩子们懂得珍惜之前,那些瓷器将一直放在那里。爱玛对几年前发生的一件令她有些伤心的事还记忆犹新。卡斯珀一家要出发到西部去。他们认为他们家的那些瓷器经不起一路的颠簸折腾,于是送给了爱玛。那都是些可爱而精致的器皿。它们漂洋过海来到纽约,被卡斯珀一家人使用,然后被他们带到密苏里州来。

触摸着那些瓷器,爱玛感到很高兴。哪怕仅仅看上一眼,她也会开心一阵子。爱玛常常推测这些瓷器的历史。它们古老而昂贵,属于有品位的富人们愿意购买的那一类东西。它们是来自英格兰的一些城堡呢,还是来自西班牙?那些现在可能已经长眠地下,但曾经快乐地把玩这些东西的都是什么人?爱玛曾经把这些瓷器摆到餐桌上,她是那么高兴和激动。当时,芭芭拉还是他们唯一的孩子,可是她把那些杯盘推到地板上摔碎了。

自那以后,爱玛把没有打碎的瓷器收了起来,把旧餐盘搬出来用,直到它们也都一一破碎为止。乔善于使用各种工具,他曾经给爱玛制作了很多木盘、木碗和木杯。他使用坚硬的风干过的枫木,夜以继日地加工制作。那些枫木餐具经过抛光处理,最终与那些瓷器几乎没有什么两样。在每一个新生儿来到这个世界之前,乔都备好了更多的餐具。乔制作的那些餐具几乎一模一样,但爱玛只需要用手一摸,就知道哪一个餐具属于哪个孩子。这让她感觉非常良好。正如乔从新翻的泥土中感受到了大地的赐予,照看和料理各种各样的东西也是爱玛生活的一部分——这些东西,对她的家庭来说,意味着居家生活的可靠保证。

当爱玛用打了肥皂浆的洗碗布清洗碟子的时候,她把一双手浸在温暖的水里,她喜欢那种感觉。爱玛一边清洗,一边把碗碟堆放在旁边的餐桌上。她是那么仔细,那么一丝不苟。木制的餐具不会碎裂,但是认真细致是她的天性,不允许自己随随便便地对待它们。此外,这些餐具非常珍贵。当乔不能下地干活的时候,他不眠不休,长时间地制作和抛光那些餐具。对一个不那么挑剔的人来说,那些餐具已经足够好了,但是乔仍在上面花心思。他说,他不想让任何碎屑有机可乘,落入宝宝们的嘴巴里。

芭芭拉把穿着睡衣的卡莱尔从厨房里领出去,给了他一个吻以示晚安,并带他去睡觉。接着,芭芭拉向阿尔弗雷德弯下腰。阿尔弗雷德快得像一头小鹿,冲到了一把椅子的后面,冲着姐姐做鬼脸。当芭芭拉朝椅子走去时,阿尔弗雷德快乐地喊叫着,跑到妈妈那里,用一双胳膊缠住她。爱玛朝他转过身去。爱玛自己也累了,她有点儿失去了耐心,她的嗓门变得尖厉起来:"上床睡觉去,阿利①。"

"我不想去嘛。"

"阿尔弗雷德!跟芭芭拉一起去!"

阿尔弗雷德温顺地投入到芭芭拉的怀抱里,他被带到另一间房里去洗澡。爱玛把垂在眼前的一缕头发甩开。爱玛很少有担心阿尔弗雷德的时候。她想,当珀西·珀尔还是个小男孩的时候,肯定很像阿尔弗雷德。尽管爱玛喜欢珀西,但她不希望自己的哪一个孩子去模仿珀西的生活方式。和其他人一样,她的确不知道珀西是靠什么生活的。尽管有很多传言,但是对那些传言爱玛始终抱着怀疑的态度。她安慰着自己,认为真的

---

① 阿尔弗雷德的昵称。

没有什么好担心的——成千上万的孩子都是一副调皮的模样,如果他们长大后都变坏了的话,那么这个世界上将会坏人居多。

爱玛把餐具仔细地擦干。她把洗过餐具的水倒入排水槽,那是乔以前搭建的一段精致的木制导流槽,通向房子旁边的一处污水坑。爱玛开始用力地擦洗餐桌和那只木制排水槽。在一起生活的这些年里,乔除了赞赏过爱玛的厨艺,对于妻子料理家务的方式,他从来没有发表过评论,这曾导致了他们之间的小吵小闹——爱玛曾数小时不停地用手缝制新窗帘,颇为得意地用窗帘遮住窗户,可是当乔进屋的时候,他对此视若无睹。不过,年复一年的生活教会了她很多的东西,她也习惯了他这样的态度。

乔把家当成爱玛唯一的生活空间,把田地当成自己的活动领域。尽管如此,乔一直想知道妻子希望在自家菜园子里种些什么东西,有时候他会就该种什么而去征求她的建议。乔这么做表现出了对妻子的尊重,爱玛因此对他也同样尊重。乔几乎没有对如何收拾房子发表过看法,对此爱玛也表示认可。爱玛把干净的水倒进餐盆并开始擦洗起来。这时,芭芭拉手里抱着小乔,阿尔弗雷德也跟着姐姐进去,他等着睡前妈妈的那个亲吻。爱玛认真地擦着地板,把垃圾倒进厨房的垃圾桶里。那只垃圾桶原本是一个中空的树桩,乔掏空了它,并在里面安装了一个防尘的底座以及一个带铰链的上盖。

芭芭拉抱着小乔进来了。爱玛吻过小乔之后,芭芭拉把他带到床上睡觉。之后,芭芭拉又回到厨房里。

"你还没有忙完吗,妈妈?"

"快了。泰德,现在你该脱衣睡觉了。"

"就要睡觉了吗?"泰德在试他刚刚磨过的像剃刀一样锋利的刀刃。

"到时间了。洗好澡后睡觉去。"

"我需要洗澡吗?今天我在 crick(抽筋)里游过了。"

"念 creek(小溪)。"爱玛毫不犹豫地纠正了他的错误发音,"如果游过泳,那你就不必洗澡了。上床睡觉去吧。"

"还早着呢!"他抱怨说。

"泰德!"

"好的,妈妈。"

泰德自己朝卧室走去,他开始哈欠连连,表示想得到睡前说晚安时的那一吻。泰德走后,爱玛偷偷地笑了。八岁的泰德对自己的童年十分不满。几乎是在眨眼之间,他就长成了一个大孩子,因此,他脑子里惦记着的都是一些大人们才能享受的特权。不过没有得到妈妈的吻,他还是不愿上床睡觉。

爱玛心满意足地坐在桌边暂时休息一下。对她来说,这是一段令人心安的欢乐时光。起床迎来崭新的每一天,对她来说都是在面对一个全新的挑战。尽管挑战中充满了机遇,但也可能出现意外和灾难。与此相比,入夜后意味着太平,她知道自己年幼的孩子们安全地躺在床上,这使她感到幸福。现在她只是稍有不安,因为乔还没有回来。芭芭拉在洗手洗脸,柔软的茶色头发披散在双肩上。

"妈妈,星期六的晚上,我们要去参加特里维廉家的谷仓舞会吗？"

"我想会去的。"

"要是我不和你一起去，你会很介意吗？"

爱玛好奇地看了她一眼："你为什么不一起去呢？"

"嗯，约翰尼·阿本德问我是否同意让他带着我去。比利·特里维廉和艾伦·吉拉提也同样问过我。如果你同意我跟他们中的一个人去的话，那可就有意思了。"

爱玛的眼睛里闪着一种幽默的光芒："那么这三个人当中你打算跟谁去呢？"

芭芭拉皱起鼻子："艾伦·吉拉提是一个自作聪明的人，我不喜欢。"

爱玛低声说："亲爱的，看来你只需要从两个护花使者里面挑一个啦！好吧，那你去吧。"

"谢谢妈妈。我想我要出去一会儿，妈妈。"

"好吧。"

芭芭拉打开门走了出去，并轻轻地关上身后的门。爱玛知道女儿只是去看看星星。那是一件好事情，因为所有的年轻人都应该与星星有约。他们绝不可能从天上摘下一颗星星，把它当成自己的东西，但他们总可以试一试。爱玛陷入冷静的沉思之中。

岁月给她带来了客观地看待问题的智慧。在她三十二岁时，她懂得了很多十六岁新为人妇时所不懂的道理。此外，现在她还明白了父亲是一个严以待人的人。他的所思所想就是别人必须服从他的意志，唯有服从才是正确的，否则就要承受他的雷霆之怒。如果问及爱玛对婚后哪些年头抱有遗憾的话，那就是最初的五年。当时她坚持认为自己不能离开父亲。不过她确实不知道晚辈除了尽孝还能做点什么。

从婴儿时期开始，爱玛就生活在父亲的影响下。依照父亲的看法，女人永远只能处在一个从属的位置。她的六个哥哥成年后和父亲吵架，先后都离开了家。接下来，老人遭受了一连串的肌肉痉挛的病痛。现在，爱玛想知道爸爸是不是装出来的，其目的只是让最后剩下来的一个孩子还待在自己的身边。不过，爱玛一直爱他，可怜他，并一直在他的影响下生活。爱玛带给丈夫的是五年劳而无功的痛苦岁月。不过，这五年光阴让爱玛真正看清了乔的内在价值。尽管遭受老迦勒的欺凌，乔还是尽了一个男人的力量，给了岳丈最大的帮助。从黎明的第一缕晨光，到黄昏最后缓慢消失的暮色，他一直在田间地头劳作。乔一直在等待，没有一句怨言，一直等着妻子自愿离开娘家。想到他的耐心等待——对他来说，那是一件极其困难的事——一股久违的爱意和感激之情在爱玛的心中油然而生。因为乔一直等到了妻子做好离家自立的充分准备的那一刻，爱玛觉得应该对他隐藏这份真正的痛苦，那就是当她从载着他们离去的骡车上回头看时，她看到爸爸迦勒变成了一个古怪的孤零零的缩影，兀自站在那个空空荡荡的家的大门口。

不过，那不只是因同情迦勒而感到揪心，那份痛苦还源自一种根深蒂固的观念：迦勒的家是她从小到大一直生活的地方，可现在，除了乔接下来在哪个农场干活，那里的一两间小屋就归他们使用，她和乔还有芭芭拉根本就没有家了。没有自己的家是一种无人能一起分担的极大的痛苦，这种痛苦让爱玛精打细算，勤俭度日，并把省下的每一分钱都存了起来，直到有一天，她能向乔伸出一双攒够了钱的手，为他们自己买下一处容身之所。

现在，爱玛手里拿着备用的铜制灯座，并用一块软布擦个不停，直到能看到映在上面的自己的微笑。有那么珍贵的几分钟，她鼓起了期望的勇气：尽管还有让人苦恼的债务，但他们最困难的那几年时光已经过去了。

芭芭拉回到屋里，用手遮着嘴巴打了个哈欠：“我也要去睡觉了，妈妈。”

“你累了吗，亲爱的？”

“估计是懒病发了。”

芭芭拉弯腰拾起一辆四轮玩具车，这是小乔制作的一件小玩意，却被阿尔弗雷德和卡莱尔扔在了地板上。她把玩具车放在架子上面一个合适的位置上，舀了一锅水，洗了个澡。芭芭拉换好睡衣，她吻了一下妈妈以示晚安。爱玛独自一个人坐着。

离开娘家后的八年里，爱玛跟着乔从一家农场辗转到另一家。为了房子、食物和一点可怜的薪水，乔在那些农场里干活。尽管如此，他始终都能让家人混个衣食饱暖，换作其他男人，他们早就在绝望中放弃了。那些人会喝酒，甚至会抛弃家庭，而乔依然以如牛负重的方式缓慢地行进着。任劳任怨是他养家糊口的方法，否则他就只可能面对一派惨淡的光景。

就像爱玛想要一个家一样，乔曾一直渴望得到属于自己的土地，做自己的主人。夫妻俩曾一起勤俭持家，共同奉献，直到实现他们野心的那一天到来。对爱玛来说,她的人生目标算达到了。她已经回归了家庭,他们的生活已经有了根基。从现在开始,他们要做的全部工作就是让他们的家,还有土地,永远地归属于自己名下。然而,当一年走到尽头时,爱玛注意到乔在某种程度上还是不满足。现在,在想起他之后,一种熟悉的恐惧感又开始袭扰她。她能看出隐藏在乔平静的外表下面的那把烈火,可是她感到茫然,不知道该如何解释他的情绪。债务是令乔咬牙切齿的东西,但对爱玛来说,债务尽管讨厌,却还不至于不能忍受。他们将一点一点地偿清债务,同时还能舒适地生活,每年为自己的小家庭添砖加瓦,以满足大家日益增加的需求。

爱玛觉得听到了乔的脚步声,她从座椅上突然惊起,接着又重重地坐了下去。五分钟后,门悄悄地开了,乔踮着脚走了进来。爱玛看着他红彤彤的脸颊和兴奋的眼神,她吃惊了一会儿。男人只有喝多了酒,才会像那个样子,但是乔不喝酒。不管怎么样,他肯定是品尝了一些令人飘飘然的东西。

爱玛问:"你还好吧,乔?"

"哦,那还用问,我好着呢。我到坦尼店里去了。比伯斯·汤利在那里,他刚从西部回来。"

乔坐在爱玛的身边,两眼放光,爱玛十分好奇地看着他。以前她从未这样地看过他。

"那你给我说说吧,乔!"她催促道。

乔脱口而出:"你想到西部去吗?"

爱玛的喉咙就像被一只巨大的拳头堵住了似的,有那么一阵子她无法呼吸。片刻之后她的呼吸和声音才恢复了正常。乔做好了继续说下去的准备,他在椅子上向前探身过去,一脸急切而活泼的表情。

"西部有土地,爱玛! 有我们需要的土地! 有泰德、乔、阿尔弗雷德和卡莱尔需要的土地! 有芭芭拉和小爱玛以后的对象所需要的土地! 拿来就用的自由的土地!"

"乔,我们这里就有土地啊!"爱玛努力地说道,"是我们自己的土地。"

乔重复着爱玛的话,声音里带着一种急不可待的情绪:"我们自己的土地? 今年秋天我可以偿还伊莱亚斯·多兰斯五十美元,这当中四十美元是利息钱,剩下十美元才是用来冲抵欠款的。"

"尽管如此,至少也是一笔还款啊,"爱玛急忙说,"那十美元多少也是一笔钱啊! 我们一点点来吧,乔! 我们终归会拿下那块地的。"

"但是需要多少年呢?"他非常生气地问,"为此我们还得等上多少年?"

爱玛答不上来。这不只是因为她不知道答案,还因为乔并不是在问一个问题,而是在责问她。乔看上去好像在谴责她不情愿面对某件事———一件就摆在他们面前的、对乔来说显而易见的事。

现在,乔正满脸疑惑地看着她。

她避开了他的目光。"让我们先想想再说,"她说,"今年的地已经犁过了,种子也已经种下了。这件事今年我们先考虑着,等到明春再谈吧。"

"等到明春?"乔茫然地问。他脸上所有的神采都消失了。乔的嘴唇甚至都变苍白了,在突然的安静中,她能听到他急促而粗浅的、艰难呼吸的声音。他看上去筋疲力尽,仿佛几个星期的疲乏此时此刻一下子全都堆积在他的身上似的。

乔站起身来,拖着沉重的脚步走到窗户旁边。在他的头顶上方, 刚好有一颗孤独的星星眨着眼睛, 它看起来是那么寒冷,那么坚强。乔静静地看着那颗星星。

爱玛替乔感到心痛,可是她又能干什么呢? 乔怎么可以请求她做出这等可怕的事情来呢? 为了把他们所需要的东西聚集到这间小房子里来,他们已经付出了太多的辛苦,乔怎么可以将她再次连根拔起,让她放弃这些东西呢?她办不到,即便是为了乔,即便她像珍爱着自己的生命那样爱着乔,她也办不到。

爱玛走到窗边,站在他的身旁。乔很快把胳膊揽在她的身上。爱玛把头靠在他的肩膀上,她感到身上一阵颤抖,于是她激动地抱住了他。

"原谅我,乔,"她低声说,"我不像你认为的那样勇敢和坚强。我感到害怕,乔。我喜欢这间房子,说到要抛弃它,我吓坏了。"

乔无言以对,他抱紧了她。在他们之间,一扇门已经关上了,不知怎么的,他无法穿越这道障碍朝她走去,并向她解释清楚西部是什么样子。也许再等一年。也许……

国际少年生存小说典藏

第三章　毀青

乔的身心是那么疲惫，以至他所看到的东西像是在一片雾霭的后面闪着微光。这片雾霭并非天气的产物，而是出现在乔的脑海里的一种东西。乔几乎与世界的一切都毫无瓜葛，他成了一个孤独世界里的一个孤独的人。那唯一一根把他与其他一切联系起来的线，就是那把他手中握着的斧头的光溜溜的手柄。只有对于一个刚刚用它干了十一个小时的活的人来说，那把斧头才会显得那么真实。乔一边拖着疲惫的身子摇摇晃晃地走路，一边默数着自己的种种收获。

现在燕麦高高地长起来了，还在灌浆的玉米棒子也已经长出了须子。乔家的菜园子欣欣向荣，待割的牧草还没有成熟到可以用大镰刀收割。在乔十六英亩的木材林地里，有更多的树木等着他采伐。把这十六英亩的木材林全部砍光是一项主要工作，乔甚至没有指望过几年之内就可以完成这项任务。因为只有当没有别的事情可干的时候，他才会去林地里干活。不管怎样，乔打算砍伐更多的树木，然后再削掉它们的枝丫。

虽然筋疲力尽，但是一个月前乔的那种坐立不安的情绪现在消失了。眼下他是一副心满意足的样子。在此之前，庄稼地的深耕平整等准备工作以及秧苗的栽种都是很辛苦的活儿。现在这些工作已经结束，等庄稼收割后，整个冬天的人畜口粮问题也就迎刃而解了。农产的全部结余必须卖给伊莱亚斯·多兰斯。不过乔眼下对他没有特别的怨恨——吸血大耳窿们必不可少，当乔需要帮助的时候，伊莱亚斯也曾帮助过他。

　　就像一个热爱精良的工具的匠人那样，乔把斧头小心谨慎地挂在工具棚里挂斧头用的那根木楔子上，接着他又把它拿了下来，用拇指试探斧头两侧的刀锋。"工欲善其事，必先利其器"，斧头非得极其锋利不可，要能吹毛断发。不管是谁，只要以完好的状态封存一件工具，当他需要用的时候，就会发现工具依然完好如初。乔发现那把斧子如此锋利，自己肯定是在砍完最后一棵树之后在磨刀石上磨过了的。他咧嘴笑了。实际上，今天他比自己感觉到的更加疲惫，因为他都想不起要去磨那把斧头。

　　乔靠在工具棚的墙壁上无所事事，逍遥自在。乔注视着正拎着一桶猪食朝那个大猪圈走去的芭芭拉，她是那么安详、那么可爱。乔体会到了片刻的纯粹的快乐。虽然没有人能在喂猪的时候保持优雅的姿态，乔仍然觉得高兴，因为他看到了某种轻盈而美好的东西。

　　乔打了个哈欠。昨天晚上他一直睡不着。他躺在爱玛的身边看着那轮下弦月，以及黎明时分最初的那几缕微弱的光痕，它们仿佛是鬼鬼祟祟的窃贼，从天边慢慢地爬出来。直到那时乔才睡去。而那之后不久,又到了该起床出去干活的时间了。

乔去井边打了一桶水,洗了脸和手。晚上吃完饭之后他打算睡觉,他没有去坦尼店的想法。芭芭拉走过来站在他的身边,手里提着喂完猪食后的空桶,她苗条的身材仿佛被她自己的心灵中刮出的一阵神秘的风吹着,稍微向后弯了过去。

她说:"你看起来累了。"

"喂,你别为我操那么多的心!"

芭芭拉笑了:"我想关心的时候就会关心的。今天怎么样?"

"很不错。猪怎么样?"

"埃莉诺①,"芭芭拉一本正经地说,"一直把贺拉斯从猪食槽里拱走,不让它吃食。"

乔冷淡地说:"埃莉诺平时可是懂得礼让的啊,不是吗?"

芭芭拉笑了。乔看着她被染红的手指头。不用芭芭拉对他解释,他就知道:除了最小的两个弟妹,其他所有人都花了大半天的时间去采摘野树莓了。采集和保存野生水果,是妇女和小孩子们能干的工作,和夏天必然到来一样,是自然而然的事情。

乔又问了他常问的一句话:"泰德呢?"

"他一个人到树林里去了。"

"他没有帮你们摘树莓吗?"

"他帮过了。妈妈让他帮的。"

---

① 埃莉诺是母猪名,贺拉斯是公猪名。

乔暗自发笑。爱玛很少对孩子们当中的哪一个扯着嗓门说过话,她也从来没有打过他们中的哪一个。不过,她总有办法让孩子们对她发出的指令立刻无条件地服从。在这一点上,她比乔更有能耐。在妻子身上,乔总能看到一种他说不清道不明的魔力。乔还觉察出一个很奇怪的现象,妻子的那种神奇力量只作用于自家人这个小圈子,它无法延伸到此外的任何一件事情上。奇怪的是,舍弃这间房子的想法对爱玛来说是那么的可怕,可在其他方面她又是那么自信。不过很快,乔把他的这个想法放到了一边,就像每一次当这个想法来折磨他的时候,他总是把它抛之脑后一样。

乔走进屋里,吻了爱玛,他的疲倦暂且消失了。他皱了皱鼻子。

"什么东西这么香啊!"

"树莓酱。明天我们尝一尝,不过现在不行,因为还没有做好。我们采摘到了好的树莓,有些树莓和我的拇指一般大。"

炉子上面放着一只黑色的水壶,里面煮着当天采来的树莓。整个房间都是一股辛辣的气味。爱玛把她制作的果酱、果冻以及加工好的食物存放到架子上。乔知道,当地上覆盖着深深的积雪的时候,爱玛就会从架子上把那些东西搬下来,在吃的方面,一家人便有了稍稍回到了夏天的感觉。乔吧唧了两下嘴唇,因为他想起了这个快乐的场面:在冬天丰盛的早餐桌上,一家人把薄煎饼抹上厚厚的一层果酱。

和芭芭拉的手一样,四个年幼的孩子的手上沾的都是树莓的颜色。他们朝乔冲过去,乔做好了准备,以应对孩子们的猛冲。这些年幼的孩子除了互相之间玩一玩，没有其他的玩伴。他们总是期待着乔从外面回到家里来，因为乔会绞尽脑汁地想出一个故事讲给他们听，或者陪他们做做游戏。

这时爱玛从炉子边转过身来，对四个孩子说："你们的那些'马儿'正在屋里的每一样东西上乱踩，快去把'马儿'再系起来。"

快乐的孩子们回去接着玩游戏，显然是他们刚才一直玩的那个马的游戏。乔的心里充满了感激。爱玛知道乔渴望好好休息一下。与此同时，他打心底里赞赏起妻子。用不着让孩子们感到不高兴，爱玛就解除了压在他肩上的多余的负担。妻子的举动再次证明了乔以前一直怀疑的事情：尽管女人们有着想象中的脆弱，尽管在两性当中女人是所谓弱势的一方，但在她们身上有着一种男人根本不了解的力量。当她们来管理自己的孩子们的时候，那种力量就显现了。尽管在其他方面，比如说在一个明确的方向上做出一个合乎情理的决定方面，她们……乔立刻又把这种想法放到了一边。他一屁股坐到椅子上，努力不让自己睡过去。

"今天怎么样？"爱玛问。

"还不错。"

从整体来看，乔这一天过得不错。一天中的工作，大部分需要用到斧子，那是乔所喜欢的。对于一个懂得如何使用斧子的人来说，斧头就不再只是一件工具，而是变成了一架精密的仪器。对于一个用斧头工作的人来说，斧头很像是猎手手中一支好步枪。

"你还要继续砍树吗？"爱玛问。

"在收割牧草之前,我一直都在林子里干活。"

他们一共就说了这些话,不过他们需要交流的也只是这些而已,因为其他的话哪怕不说,彼此也都心照不宣。当一棵棵树被砍倒在地,并被剔去了枝丫之后,其中一些将被锯成木条做栅栏用,剩下的则是当柴烧。当大雪落下,引发山林火灾的危险降低后,他们就要烧掉灌木丛。焚烧灌木丛的这一天一直是一个小小的节日,全家人都会出动。当跳跃的火焰在噼啪声中从树枝间窜向天空时,孩子们都入迷地观看着。接下来,乔会把未燃烧的树枝耙拢到一起并点火烧掉,在此期间,泰德和小爱玛会为其他的孩子堆一个雪人,或者建一座雪城堡,让他们娱乐。当这个节日结束的时候,爱玛和芭芭拉会在仍旧炽热的炭火旁摆上午餐。乔会留足树枝,这样每个人都能找到一处干燥的地方坐下来。

爱玛走到门边叫了一声"泰德",于是那个八岁的孩子从昏暗的夜色中出现了,好像有一根看不见的皮带将他和妈妈连接在一起似的。从他顺滑的头发上知道,他已经在井水里洗过了头。他的脸上和手臂上是一道道深深的伤口,鲜血从那些伤口上渗出来,前臂偏上的位置有捕猎时留下的伤痕。

乔吃惊地问:"你遭了什么瘟了?"

"我抓到了一只野猫!"泰德兴高采烈地说,"我用自己设下的套子把它逮了个正着!"

"难道除了抓野猫,你找不到更好的事情做吗?"

泰德说:"不过是一只小猫崽。"好像他这句话把什么都解释清楚了，"它还小着呢，什么都嚼不动。我把它放在牲口棚了。我打算驯养它。"

"快把它扔了。"乔命令道。

"不行，爸爸！"

乔固执地说："现在就把它扔了！我们这里不需要那玩意，那是一只野猫！"

乔提起一只提灯，点亮后和泰德一起朝牲口棚走去。泰德一边跟在乔的后面快走，一边表示抗议。那只野猫早就发现了逃生的机会。在这之前，泰德把它放在给骡子喂食的一只小木箱里，并用一块木板盖着，木板的上面压了一块岩石。那只被囚禁的猫在顶开那块木板之后逃跑了。

"什么破箱子啊！"泰德脱口大骂。

乔严厉地质问："你是怎么说话的？"

"你也爱这么说的呀！"

"我那么说，你就也能那么说了吗？你听着，凡是那些听起来像骂人的话，以后别再让我听到。另外，别再抓什么野猫了。"

"那不过是一只小猫崽。"

"我说啥就是啥！"

泰德倔强的脸上有点儿不高兴，他沉默了一阵子。

乔重复了他的话："我说啥就是啥！"

"好的，爸爸。"

乔用提灯照亮他们回屋的路，进屋之前他吹灭提灯，并把它挂在一根木橛子上面。吹灭提灯是一个无意识的动作，是在不得不简朴度日的生活中养成的习惯。不过一个人绝不会以同样的方式让家里人、他自己，还有他饲养的动物们少吃一口粮食。没有人会去浪费任何需要花钱才能买来的东西。尽管教士海恩斯经常骑在马背上四处巡回，在坦尼店前的十字路口对他的信徒们大声说金钱是万恶之根源，但是乔从来都不相信他宣讲的那些鬼话。在所有的东西当中，唯独金钱的获得是最难的。

即便是最普通的食物，爱玛也能像变魔术一样把它做得非常好吃。乔吃着东西，但这一次他几乎没有心情去仔细地品尝味道。乔模模糊糊感觉到，芭芭拉总是时时关注着那几个话多的小弟小妹们。乔也能感觉得到泰德的沮丧的心情。平时，爱玛总是把别的东西放在内心最重要的位置，现在乔被爱玛放在了那个位置上。乔知道，当爱玛担心他的时候，她会注视他。

孩子们从椅子上溜下来，接着又去玩那一小堆玩过很多次的绳子。很显然，爱玛的几个熨斗暂时成了孩子们的"马儿"，因为那些熨斗都被系在房间里不同的地方。今天晚上，这些孩子不需要跟乔玩，他可以借这个机会让自己清闲一下。

"我要出门看看天气是否还正常。"

乔从桌边站起身，他走到门外，踏入令人心旷神怡的夏夜之中。四下里是一片浓浓的漆黑，没有半点儿月光或星光。泰德的爱犬迈克走过来闻着嗅着，热情地摇着尾巴。乔抚摸着那条狗，他想，除非是和泰德在一起，否则迈克是不愿牧羊或追猎的。因此，在一个人畜都不得不劳作才能换来一口饭吃的地方,这条狗是百无一用的。但是小孩子们总得要拥有点什么才行;此外,泰德特别喜欢他的这只宠物。乔怀疑,在这一带乡村,迈克能够战胜其他任何一条狗。

在饱吸一顿夜晚的空气之后,乔回到屋里,他悠闲自在地对着耍闹中的四个年幼的孩子看了一阵子。爱玛和芭芭拉在清洗餐具,泰德坐在桌边,用刀削着一把新的刀鞘。乔靠在门框上昏昏沉沉地瞌睡了片刻。他仿佛又回到了坦尼店里,听着关于西部的传奇故事:那里有取之不尽的土地,有无处不在的机会。他仿佛看见在自己的孩子们面前堆满了那些机会。乔努力醒过来。

乔十分疲惫,脱衣服的时候他感到不灵活。他把脱下的衣服有条不紊地挂起来。尽管有时候他喜欢在坦尼店里和那伙男人一起待到很晚,可是今天晚上他情愿早早上床睡觉。不过,有那么几分钟,他虽然躺着,但是脑子是完全清醒的。他紧锁眉头,因为他一直在为某件事情操着心。可是,他又具体说不出是什么,过了一会儿,乔迫使自己不要再想那件事了。他的念头刚一放下,就呼呼大睡了起来。当乔醒来的时候,昏暗的晨光又弥漫在爱玛挂的窗帘的后面。还要等三刻钟的样子,初升的太阳才会将曙色变成金光,有那么一阵子,乔感到十分满足。一夜的安眠撵走了疲劳,还有昨晚身上的疼痛。爱玛在他身旁还睡得正香呢。

接下来,外面天色已是一片大白,泰德的狗在叫着。爱玛慢慢醒了过来,并对乔笑了笑。

"早上好。"

"早上好,亲爱的。"

乔微微挪近了一点,他感受着贴在身边的爱玛身上的温暖。乔记得自己的青春年华以及单身的日子,那是一段有几分虚度的岁月。婚后的生活从来就没有悠闲自在过。不过呢,小两口的日子一直过得还算不错,起床前的依偎是每天最美好的时光之一。夫妻俩能彻底慵懒闲散地厮守着,彼此都因为对方就在身边而感到高兴。他们休息好了,精神饱满,做好了应对生活中会出现的大大小小的麻烦的准备。而在他们起床之前,那些大的困扰显得没什么大不了的,那些小的麻烦则更加微不足道。

"那条狗为什么叫?"爱玛昏昏欲睡地问。

"也许在外面的田野里,它发现了一样令它讨厌的东西。我去看看,你再躺一会儿。"

乔溜身下床,美美地伸了个懒腰,他脱下睡衣,换上白天穿的衣服。乔朝门边走去,推开门后,他被眼前的一幕彻底惊呆了。

一头又高又瘦的黑牛站在被践踏过的玉米地的中央,嘴里平静地嚼着一截玉米秆子。一群杂色斑纹的奶牛和小公牛在无精打采地觅食,或是在吃剩的燕麦地里甩着尾巴。他家的菜园子被糟蹋成了一片废墟。大多数的牛已经吃得饱饱的,现在正心满意足地反刍着那顿美餐,还有几头小牛和一岁的小牛犊们在大快朵颐,吃得正欢,不放过庄稼地里任何一点绿色的东西。

乔浑身上下一下子变得软弱无力,整个身子仿佛变成了

一摊液体。他像一根蜡烛,眼前庄稼地里消失的一切让他突然之间融化起来。他定了定神,振作起精神,开始还击。

乔整个一生都是一场抗争, 一场在于自己极其不利的条件下所展开的抗争。一个月前,当那种想去西部的渴望像一场大火蔓延到他身上的时候,他近乎到了崩溃的临界点。他强迫自己遗忘那种强烈的内心冲动。在那之后,他心中留下的是一种莫名的空虚和沮丧。他努力让自己重新振作了起来,他想认认真真种好这季庄稼。但现在庄稼倒在了他面前,被糟蹋得一片狼藉。一股冲天的怒气在乔的心中慢慢集聚,他紧紧抓住门框,好让自己站稳脚跟。

爱玛出现在他旁边,脸色苍白。她什么也没说,只是用手臂搂住了乔,想要安慰他。

乔呆呆地说:"它们是皮特·多姆利的牛。"

"我知道。"

乔爆发了:"我要……"

乔转身回到卧室,把此前挂在木楔上的步枪拿了下来。他气晕了头脑,以至在装填火药以及子弹上膛的过程中,对自己下意识做出的那些机械性的动作毫无觉察。乔别的什么都没有看见,眼睛里只有那群毁青者,是它们闯过来把自家的庄稼糟蹋得一干二净。乔靠在门框上,仔细瞄准那头黑牛。他的手指头紧紧搭在步枪的扳机上,这时,爱玛的一声喊叫,刺破了在他的头脑中腾起的那层红色的薄雾。

"不能开枪啊,乔!"

爱玛的话里有一种拼命抗拒的口气,有效地阻拦了他。爱玛又发话了："那解决不了问题。"

乔的脑子里燃烧着的那片火红的烈焰没有那么炽热了。他放下了枪，让枪托垂在地上；他的目光从爱玛那儿转到还在破坏庄稼的那一群牛的身上。接着，他恢复了理智，把步枪放回木楔子上。

乔无力地说："我把它们撵走。"

乔大步朝牛群奔去，泰德的狗紧紧跟在他的身后。他非常清楚，赶走这群入侵者并不重要，因为已经没有更多的东西可以糟蹋了。但那群牛并不应该待在它们现在所在的地方，他必须出面把它们撵走。

当乔靠近的时候，玉米地里那头又高又瘦的黑牛用和善而惊讶的眼神看着他。乔捡起一根掉在地上的玉米秆，对着它的屁股狠狠地抽打了几下，它飞快地跑到燕麦地里的牛群中去。一头黑白相间的壮实的母牛身后带着一头小牛犊，朝田地的尽头狂奔而去，其他的牛也都跟在它们后面跑。它们笨拙地挤过一道树篱——那是乔的地块的边界，回到了它们自己的草地上。它们在那里全都停下来回头看，好像是在告诉乔，它们知道自己做错了，不过它们有权待在它们刚才所在的地方。当乔不再把它们朝更远的地方驱赶的时候，那群牛缓缓地朝它们的小水坑走去，乔发现那里有比刚才多得多的牛。皮特有好几处牧群，在不同的牧场上放养。也许，在此之前，在动物所具有的感知力的引导下——那是一种没人能解释清楚的神秘的东西——有一处牧群或更多别处的牧群，加入皮特放养在这里的牛群里来，然后它们共同发起了那场糟蹋庄稼的突袭行动。

乔猛地抬起头,头颈部的静脉血管绷得那么紧,它们在皮肤下暴出,清晰可见地搏动着。以前的那种躁动不安又回到了他的身上,其力量之巨大,简直势不可当。他觉得自己长成了一个巨人,这种感觉仿佛是:如果他朝一个方向迈出一步,那么他刚好置身于那群毁坏庄稼的牛群中;朝另一个方向迈出一步,他肯定要与伊莱亚斯·多兰斯狭路相逢。他找不到一个可以带上一家人前往的地方,一个不会被什么东西包围起来并被掠夺一空的地方。不知怎么的,他想起了去坦尼店的那个晚上,他遥望着那些星星,它们永远都不会把彼此挤到一边去。

乔对着那条被他吓着了的狗说出了自己大胆的看法:"这鬼地方真是小得可怜!"

乔朝家里走去,那条狗紧跟在他的身后。将失望摔个粉碎是一种豪迈的情怀,在此之前,乔从来都不敢大胆地豁出去。过去的永远无可挽回,而眼前的这场灾难已经属于过去。那些地还能再耕一遍,庄稼还能接着补种,幸运的话,赶到下霜之前,那些庄稼还是可以成熟的。

爱玛还默默地站在门口,乔看着她,心如刀绞。爱玛看上去好像是在用一双眼睛请求他的谅解似的。当乔想去西部的时候,如果他们去了,现在就不会遭遇这场灾难,让整个夏天的辛苦付诸东流。他能看懂爱玛眼中的忧虑:情况有可能比已经发生的更加糟糕,因为乔马上补种的庄稼也许会颗粒无收。此外,在这个冬天里,他们将面临没有经济收入、没有喂养家畜的饲料、没有生活口粮的困境。

乔想找一些话来安慰爱玛,但是他想到的只是:"我把它们赶走了。现在没事了。"

"我、我非常抱歉,乔。"她的声音颤抖着。

"现在你就别自寻烦恼了!我会把新的庄稼种下去的!"

她没有把握地说:"补种的话已经很晚了。"

乔强笑了一声,他希望那是自然的笑声。但是他又后悔那么做,因为爱玛知道笑声是装出来的。乔不出声地责备着自己。他首先想宽恕她、安抚她,但是他没有想出办法来。他们的庄稼和生计来源没有了,形势可谓极其严峻。这是一个令人绝望的处境,爱玛和乔心照不宣。乔试图扭转局面:"好啦,你别烦恼就好。什么事都不会有的。"

"乔,你别拿这话安慰我。"

尽管是早上,一天的生活几乎还没有开始,爱玛便已经疲倦地朝炉子转过身去。乔坐下来等爱玛把早餐递给他。现在是夏天。他们家的火腿、咸肉、香肠,以及其他的熏肉早就吃完了。除了猎取的一些野味,在季节转换到天气够冷、可以存放肉食之前,他们没有可吃的肉。爱玛熟练地把鸡蛋在牛奶里搅拌,接着倒在长柄平底煎锅里翻炒。她把自制的面包片放在炉子上,直到烤成焦黄,然后她在烤面包片上抹了厚厚的一层自己搅打出来的黄油。

睡了一觉之后,芭芭拉满面红光,她从与妹妹一起睡觉的房间里出来,走到外面的水井边。当她洗过脸回来的时候,她已经发现了被牛群糟蹋后的现场。她看了看妈妈的脸,又看了看爸爸的脸,然后聪明地沉默着。芭芭拉年轻又健康,尽管灾难发生了,她看上去却依然容光焕发。由于某种无法解释的原因,乔感觉心里好受了一些,可敬的芭芭拉身上的一部分东西鼓舞着他。那些东西源于芭芭拉是一个可爱的年轻姑娘,在她的身上涌现着明天所有的希望。显而易见,没有她也就不可能还有未来。爱玛递给乔一大盘炒鸡蛋和烤面包,乔开始吃起来。才吃了一半,这时响起了胆怯的敲门声。

乔说:"进来。"

门开了,皮特·多姆利站在门框里。不知怎么,他矮小的身材看上去像缩了一半,好似一个来要饭的小矮人。由于缺少睡眠,他红着眼睛。从打开着的门望出去,乔扫了一眼皮特骑的那匹白马。片刻之间,乔的怒气又上来了。要是皮特看好他的牛群的话,庄稼就不会遭受损失。平时这个矮个子男人好斗得像一只公鸡,可现在他变得那么可怜,乔的同情心让怒火止息了。

乔打了声招呼:"皮特,来吃点早餐吧!"

皮特走了过来,他行动迟缓,一副疲惫不堪的样子。皮特说:"乔,昨天晚上兰斯·特里维廉告诉我,说我的牛群跑了。它们离开图尔堆溪的牧场,就那样走了。那些畜生要干什么,你不可能每次都预料得到。"

乔说:"我知道。"

"我有把握,"皮特说,"牛群已经前往图尔堆溪上的高地牧场。天亮之前,我一直在看那个地方。"

"那你的意思是?"

"乔,我要补偿你。要么你,要么伊莱亚斯·多兰斯,你看吧,补偿谁都行。"

乔又说了一遍:"皮特,来吃点早餐吧!"

皮特坐了下来,爱玛给他端来早餐。乔一言不发地吃着饭,他看着皮特情绪低落地大口吃着。在圣路易斯,牛肉的价格贵得惊人,也许在东部一些城市,那里的牛肉价格更是高得离谱。乔不了解这方面的情况。不过他知道,养牛户却赚不到什么钱。皮特养了七个孩子,他也是辛苦劳作,常常付出甚多却所得甚微。

再说了,皮特可是整夜骑着马在寻找他丢失的牛群。等他最终知道乔家受损并来看乔之前,他得先在其他农场把牛寻个遍才行。除此之外,谁还能告诉他找牛的更高明的办法呢?谁能知道一头愚蠢的公牛会做出什么样的决定呢?在漆黑的夜里,一个找牛的人能做的至多也就是猜测,但如果他猜错了,接下来会怎么样呢?乔家的燕麦、玉米还有蔬菜并不是被皮特·多姆利吃掉了或是践踏了,那都是皮特家的牛群干的好事。乔觉得,现在质问皮特并不比在十字架上钉死基督有更多的意义。皮特吃完了早餐,沉默了一阵之后,又说:"乔,我该赔给谁呢?是你,还是伊莱亚斯?"

"都不用,皮特。"

皮特固执地说:"该赔多少是多少。"

"这样吧,你给我再买一些种子,这事儿我们就这么了了。"

皮特睁大眼睛,一副吃惊的样子:"你还打算播种?"

"还能有什么别的办法吗?"

"那好吧！你知道我住在哪儿，你要撒种的时候，我就为你备好钱！"

皮特跨上那匹疲惫的马，朝自家走去了。怜悯与悲伤齐聚心头，乔闷闷不乐地看着他走远。皮特真的不应该受到任何指责。不过乔觉得他领受了一番怪罪。在不经意之中，乔已经在精神上伤害了自己非常要好的朋友，这种想法在他心里一直挥之不去。

乔迈着步子朝他家被毁的田地走去。当置身田间地头的时候，他再次确认了已经发生的事实。在那片燕麦地里，有几棵被压伤的秸秆勇敢地挣扎着，又朝太阳抬起了头。玉米被毁了，菜园子不见了，剩下的庄稼连该有的收成的二十分之一都不到。

当乔擒住那两头骡子并迫使它们套上挽具的时候，他闪躲着，避让它们踢过来的腿和咬人的牙齿。两头骡子休息了四天，已经不想再干活了。可是，它们不得不下地，因为主人比它们更厉害。当挽具披身时，两头骡子不是往下闪躲就是往后退却，被套死在犁头上时，它们还踢着蹄子，发出尖声嘶鸣——它们能做的也只有这些了。

乔扶着犁头向前翻出了第一道又长又直的犁沟，他一边犁地一边让自己放心：第二茬的燕麦要比第一茬长得好，因为此前的燕麦成了这一茬的肥料。乔掉转过犁头，让还没被驯服的骡子们犁出第二道犁沟。当他翻完整块地的时候，感觉一天的活儿好像应该结束了。接着，他看了看几乎还没有升起的太阳，他知道，一天的活儿还没有开始呢。

乔赶着骡子们犁出另一道犁沟，他用力拽着缰绳，比起生骡子的气来，他对自己更加生气。在这之前犁头已经有点歪向一边，因此这条犁沟发生了偏离，与已犁出的其他的犁沟看上去不协调。乔停下来用一只手擦去额头上的汗。二十年前，或更早的时候，乔的爸爸会因为他犁出一道歪歪扭扭的犁沟而毫不留情地鞭打他。从那时开始直到现在，他再没有犁出过一道弯的犁沟。

乔让骡子们掉头，回去把那条犁沟修直。那之后，为了避免重复同样的错误，乔不得不让自己保持警觉，这让犁地这件事增加了一倍的工作量。当乔感到和昨天晚上一样累的时候，傍晚来临了。

乔头一次感觉到他的房子没有给他提供一种远离灾难的庇护，那些烦心事仍然与他相伴。一天劳碌下来却找不到安宁，内心得不到任何平静，晚饭后，那种折磨着他的烦躁不安的情绪积累到了无以复加的地步。

"你知道吗？"乔没好气地说，"我真希望今天晚上我们能去参加一场精彩的土风舞会！一场真正热闹的无所不包的舞会！"

"你到坦尼店里去问问吧，看看下一场土风舞会的时间和地点，"爱玛催促道，"我是不会有什么意见的。"

乔沿着那条小路朝商店走去。他一边走一边试着在赶到商店的时候，能想出一些营造"哥俩好"的那种体现兄弟情谊的气氛的办法来。但乔什么也没有想出来。

乔的脑海中冒出一个个想法，几乎没有意识到吹着脸颊的夜晚的寒气。与自己过不去的不单单是伊莱亚斯，压在自己心头的不单单是被糟蹋的庄稼。问题远不是打断某人的几根肋骨就可以扬眉吐气那么简单。一个人除非有足够的钱，或者运气好得不得了……想到这儿，乔一片茫然。毫无疑问，眼下的生活不是养家糊口的办法。乔机械地朝商店迈着步子，当一个人朝他走来的时候，他正踏入店门。

"你好啊，乔！"伊莱亚斯·多兰斯打起了招呼。

"你好。"

"我听说，你的庄稼遭受了损失。"

乔半天也没有答话。直到他想到店里每一个人肯定都已经听到了伊莱亚斯的询问的时候，他才开口回答说："没错。"

伊莱亚斯·多兰斯问："那你现在打算怎么办？"

"补种。"

"那样会被霜冻坏的。"

"只能碰碰运气了。"

"对不起，"伊莱亚斯说，"实在是对不起！我知道你在为我担心。你不必操心。你是一个种庄稼的好汉子，一个一言九鼎、诚实守信的人。在明年秋天还款之前，这笔欠账我先帮你记上。"

"你要拿什么抵账？"乔问。

夜幕中，伊莱亚斯·多兰斯耸了耸肩膀："你的骡子、马具、骡车、牲口，还有你的家居用品。这笔账你是负担得起的。"

乔毫无表情地站了一会儿，一股怒火在他的心中一下子升腾起来。

当爱玛给乔六百美元并告诉他，他起码会拥有自己的农场的时候,乔不知所措。他一直不明白,爱玛是怎么省下那么大一笔钱的。乔从来没有哪一年挣过六百美元。不过他挣的每一分钱，他们拥有的每一样东西，都是他们汗水和辛劳的结晶,甚至是用爱玛和他本人的鲜血换来的。乔想起了尼克·约翰逊。

尼克·约翰逊也有一处靠伊莱亚斯的借贷买下的农场。有一年他的庄稼遭受了损失。在接下来的一年，他又遭受了损失。伊莱亚斯把除约翰逊一家人身上穿的衣服之外的所有东西全拿走了。尼克·约翰逊绝望了,在被现实击败后他又沦为一个雇工。他灰心丧气,再无出头之日。乔想起了爱玛珍爱的那些家庭用品,孩子们拥有的那几样东西,两头骡子还有两头奶牛;他还想起了伊莱亚斯没有提到的每一样东西。片刻之间一种狂野的冲动控制了他,乔恨不得抢起拳头砸向那个吸血大耳窿的脸。伊莱亚斯肯定嗅到了这股杀气,因为他朝后退了一步。

乔咬牙切齿地说:"伊莱亚斯,你这是'飞蛾扑火,自取灭亡'！"

乔没有回头看他一眼,也没有进店里,他转身在一片漆黑中大步流星地朝家走去。一个人要放弃土地,几乎等同于是在与上帝决裂。可是一个人如果拿他的家庭做赌注,那他根本就算不上是一个人。乔走进家门。爱玛在桌边缝缝补补,她抬起一双充满着关切的眼睛:"店里没有人吗？"

"我没有去,我碰到伊莱亚斯了。"

爱玛期待地等着他接下来的话。乔短距离地来回踱着步子,接着,他面向爱玛,说:"伊莱亚斯说了,要把我们今年的欠债转到下一个年度。他所期望的,无非是想把我们还没有抵押给他的东西全部给他。"

爱玛张口注视着乔。乔用很快的语速说:"我告诉他……我拒绝了他的要求。"

爱玛从椅子上半起身:"乔,也许你本该……"

"不!"乔几乎是粗暴地打断了她的话,"我不会讨好他的!"

当两人各自陷入自己的思绪的时候,他们都没有说话。爱玛满脸愁容地面对着乔:"你觉得还能补种吗?"

乔看了看爱玛,接着他又朝爱玛身后的远处看。外面是黑漆漆的夜晚,但是他仿佛能清晰地看见那片被毁了的田地。他能感受得到犁地以及补种时肌肉的疼痛。他现在就能在胸口感受得到,如果补种的庄稼注定逃不过霜灾,他将承受的那种痛苦和愤怒。

爱玛急切地站起身:"乔,皮特·多姆利应该支付种子的钱。芭芭拉和我可以帮你播种。"

这时候,乔突然不想再安慰她,也不想支持她对补种所寄予的希望。到了该正视现实的时候了。

"爱玛,"乔的嘴唇发干,他一边说一边努力控制住自己的情绪,"爱玛,西部有可以自由获取的土地。"

爱玛抽身后退,像是被人打了几巴掌似的:"乔,那只是个梦,一个欢快的梦而已。"

"那不是梦,"他说,"是真实的土地,而且确实有人去了那里,靠那些土地为生。"

爱玛在胸前扣着双手,乔看见那双手在颤抖。可是他没有朝她走过去。

"我们不能那样,"她说,"你看不出我们不能那样做吗?我们有六个孩子要考虑啊。"

"其他人正带着孩子们去西部淘金。"乔固执地说。

"你不能让我也那样做!"她发疯般地说,"我不打算离开这间房子,我从来就没有那样想过。我们会想办法走出困境的。如果有必要的话,皮特·多姆利会雇用你一年,那是他欠了你的。"

这时候,乔心中酝酿已久的那场强大的风暴终于爆发了,他对她一顿怒斥:"我不想再当个雇工了,你听见没有?我已经死了那个心,我不会再回去当雇工!"

乔的声音严厉又响亮,这让爱玛失去了自控力。一直以来,她都知道乔可能会生气,但是在此以前,乔的怒气从来没有冲着她发作过。爱玛面无血色,她犹豫了一阵子,接着跌跌撞撞地走到窗户边。她靠着窗台站着,看着外面的那片漆黑的夜。

乔默不作声地看着她。接着他走到爱玛那里,让她转过身来看着自己。

"爱玛,"他从喉咙里挤出这个痛苦的声音,"你总不希望我再当个雇工吧,爱玛?"

爱玛两眼是泪,她努力想说点什么,可是她说不出话来。

她摇了摇头，表示并不希望。

这时候，乔变得低声下气起来。乔十分困惑地请求爱玛给他一个他能理解的回答："你对西部为什么那么反感？你把实情告诉我，你说说看。"

爱玛又能说话了："我并不反对去西部。我反对的只是离开我们的家。我想待在这里。我……我想我们可以永远住在这儿。乔，我……我害怕。"

乔皱起眉头，他的心感到一种撕裂的痛苦，他犹豫不决。

"以前你从来没有害怕过，爱玛。我们一起经历过许许多多的事情，我们有过很多努力，也有过很多的担忧。当小爱玛生病的时候，当泰德从树上掉下来的时候，我们都曾忧虑过。但是每次我们都顺利地走过来了。"

"那不一样，"爱玛结结巴巴地说，"在这儿，我们……我们与左邻右舍生活在一起。当需要帮助的时候，我们就能得到帮助。"

"爱玛，"乔低声地说，"爱玛……我可以来照顾你。我可以照顾孩子们。"

爱玛一把抓住他，把脸埋在他的颈窝里。

"爱玛，"乔说，"当我们离开你爸爸的时候，你当时也在担心。不过你能勇敢面对，那之后的生活就好多了。"

"那时候我们都还年轻，"爱玛说，"哦，乔，当时我们年轻多了，我们只有芭芭拉。可现在我们有了六个孩子！你想想看吧，乔！我们领着六个孩子，踏入一片荒野……"

乔把爱玛推开，又把手放在爱玛的下巴上，让她再看着自己。乔用一双眼睛诉说着对独立自主生活的向往，那是一种源于他焦躁不安的灵魂深处，并从以实现自我价值为中心意图出发的思慕。他祈求她能够理解自己。乔沙哑着嗓子，话音里流露出强烈的渴望。

"爱玛，"乔说，"我可以照顾你。相信我吧，我最亲爱的。"

爱玛的心软了下来。她再也不能拒绝他的请求。乔在乞求她，乞求得到一种能主宰自己生活的自由。他在乞求扎根的空间，一个让他们的孩子们立足并成长的空间。为了他的心愿，乔在乞求她勇敢起来，这样他就能满足自己最深沉的渴望。不管爱玛有什么样的担忧和恐惧，她都得和他一起迈向一个未知的世界。

爱玛把一双手放在乔的肩膀上，直愣愣地盯着他的眼睛。"乔，我对你深信不疑。"爱玛心平气和地说，"我们会去西部的。等我们做好了准备之后就出发吧。"

第四章　山民

乔翻身下床时，窗外透着微微的晨光。为了避免发出声音，他轻手轻脚地移动着身体。穿好衣服之后，乔把鞋子拿在手中。因为昨天夜里辗转反侧，乔的额头上增添了一道忧心的皱纹。

昨天下午刚过，为了见到莱斯特·坦尼，乔去了坦尼店里。当他回到家的时候，乔就开始期盼着见到一个人。在这之前，他曾指望聪明又热心的莱斯特给自己一个正确的建议，并提供一些他急需的信息。乔想更多地了解西部，虽然他本可以问比伯斯·汤利的，但是乔希望得到的是实际情况——谁都别指望比伯斯能说什么真话。

乔想找到一个去过西部的人。西部到底是个什么样子，这个人可以给他一个合理而又准确的描述。正如乔所期望的那样，莱斯特认识一个他可以去寻访的人。在离坦尼店十五英里的汉默斯小村，住着一位叫约翰·西利的男人。他和乔一样是个庄稼汉。约翰·西利和他年迈的父亲住在一起。现在西利大爷除了夏天坐在太阳地里,冬天坐在火炉前打瞌睡之外,几乎再干不了别的。尽管身子骨已经衰弱,但他的脑子还不迷糊,对于西部的情况,他了解的可不比别人少。吉姆·布里杰、吉姆·克莱曼、吉特·卡尔森,这几个有名的住在山坳里的人都曾是他最要好的朋友。在十二年前,当时西利大爷也不年轻了,他曾给摩门教徒的马车队做向导,他们从伊利诺伊州的诺伍市和大盐湖峡谷之间穿越,经历了让人难以置信的骇人听闻的旅行。

几年前西利大爷还住在西部,要不是身体不能适应那里的工作的话,也许他还待在那里。现在,除了跟儿子住在一起,他别无选择了。要是乔想了解西部的话,西利大爷刚好是那个能告诉他的人。

乔心满意足地回到家。可是,刚进家门,他心中的满足感就变成了焦虑不安。

一直以来,乔的第二个女儿小爱玛,总摆脱不了某种莫名其妙的疾病。她总是突然发病,而且预先没有任何征兆。那个五岁的小姑娘本来马上就要和她的兄弟姐妹们一起玩耍了,可突然她变得呼吸困难,面颊出现红色的热斑,摸起来浑身发烫。乔回到家后发现女儿又生病了。

这是一件挺闹心的事,而且完全没有应对的办法,让人忧心。乔曾连夜骑马去请过医生,特里维廉大娘也曾借着一轮新月的微光为孩子扯过草药,但没有什么效果——高烧始终无法退去。

当乔走进来的时候,爱玛坐在一把带坐垫的椅子上,怀里面抱着小爱玛。他看着她们,知道发生了什么。爱玛有着极大的爱心和奉献精神,除非是当家里有人生了病,需要她的照顾,否则她会拥抱周围的每一个人。生了病的人,无论是谁,都可以得到爱玛悉心的关照。乔难过起来。他饱受着一种巨大的无所适从的感觉的折磨。

尽管他知道自己什么也做不了,但他还是问:"我能为你做点什么吗?"

爱玛没有说话,但她做出的口型是在说"不用"。有那么一阵子,乔爱莫能助地在爱玛身边徘徊,他仍然想帮着干点什么,可是他无能为力。尽管他知道自己要说的话于事无补,但他还是说了:"我要去见的那个人住在汉默斯小村。你看我明天早上是去找他呢,还是待在家里?"

爱玛低声说:"去吧,乔。"

乔抬起脚从她们身边走开。他可以帮助一头生病的奶牛或者骡子,但对生病的女儿却一筹莫展。他让妻子一个人待着,因为那样也许对她有所帮助。一个怀抱着生病的小孩的女人,需要付出全部的精力来照顾孩子,周围人能做的,就是让她不必为其他任何事情操心。

正如乔早就预料到的那样,芭芭拉备好了晚餐。爱玛好像仍以某种方式掌管着家里面的大小事务,因为孩子们依赖芭芭拉就像依赖妈妈一样。他们听从芭芭拉的吩咐,就像顺从爱玛一样。连泰德都安静了下来,乔感受到了一种巨大的谦恭的气息。他为小爱玛和孩子她妈感到担忧。不过,除了悲伤,他不知道自己还能干什么。乔为没有被叫去做家务而感到高兴,因为他对料理家务实在是一窍不通。打从结婚以来,他就懂得有些事情只有女人出面才能做得很好。

那天晚上乔的心里非常失落。他很难记起上一次自己和爱玛没有睡在同一张床上是什么时候了。没有她的陪伴,他感到异常孤独与苦闷,因为当她不睡在身边的时候,他睡得很不安稳。乔同时责备着自己,他已经是一个大男人了,不再是个小孩子,男人应该自己照顾自己。但是乔知道,男人们摆脱不了家室带来的温柔乡。

现在,黑夜残存的碎片与姗姗而来的曙色争斗着,乔不再温柔地看着他的妻儿。母女俩依偎在有坐垫的椅子里,她们都还在睡着。爱玛的双臂仍把女儿紧紧地抱着,她仿佛变成了一堵高墙。病魔在偷偷靠近孩子并造成真正伤害之前,它不得不首先攀过那堵墙。

乔手里一直拿着鞋子,为了把门轻轻打开,乔费了很长时间。他饿了。但为了让一个发烧的孩子和她的母亲安享片刻清闲,他是不会把这种个人感受放在心上的。更何况,与小爱玛所遭受的高烧的折磨相比,他的饥饿根本算不了什么。

乔小心翼翼地让门悬在铰链上轻轻回弹,并让门闩慢慢落下来;他又轻手轻脚地把门虚掩好。鞋子还在他的手里。乔走到被露水打湿的草地上,坐下来穿上鞋,系好鞋带。他一动不动地坐了一会儿,没有做出什么决定。在此期间,露水打湿了他的裤脚。等小爱玛恢复健康之后,他随时都可以去汉默斯小村。如果他今天待在家里,也许可以帮爱玛做一些小事。他可以为她端来冷水,或者把她需要的东西从商店买回来。但最终,乔打定了主意。不管需要做什么事情,芭芭拉和泰德都可以替他去办。而每过一天,离霜降就更近一天。没有可以浪费的时间了。更何况,只有爱玛才知道如何帮助生病的孩子。

当乔从牲口棚的木楔子上取下骡辔头,并朝放养那两头骡子的牧场走去的时候,他还是一副忧心忡忡的样子,不过他不再像此前那样困惑了。

临近牧场的时候,乔把骡辔头藏在了身后。那两头骡子斜瞟着他,然后转头朝圈栏的另一边靠过去。乔叽叽咕咕地小声抱怨起来。当觉察到自己不得不干活的时候,那两头骡子总是很难被逮住的。乔把骡辔头放在栅栏旁边,回到了牲口棚。他把一根绳子扎在腰带里,又从饲料桶里抓了几把玉米。他用木制的料斗盛着玉米,返回骡子所在的牧场。乔走进栅栏门,懒洋洋地倚靠在门边上。

他又想起了那个在坦尼店的夜晚,想起了比伯斯·汤利所讲的西部。尽管比伯斯谎话连篇,但是某种欢快而美妙的鼓舞人心的东西却呈现在眼前。乔想到的是土地,一个男人渴望的可以自由获得的土地。乔仿佛看见了儿子们在为自己种庄稼,而不是把大把大把的美钞拱手送给某个吸血大耳窿。他想象着女儿们与身强体壮的男人们喜结良缘,女婿们拥有他们成长所需的空间。

那两头骡子走过来,一边摇着尾巴一边来回晃着脑袋。乔越想越兴奋,这使得他不再对骡子们产生任何的愤恨情绪。尽管乔的一生都在寻找着自己从来没有找到的东西,但他在寻找的过程中从来没有绝望过,他仍在继续寻找着。假如此前他未曾替小爱玛担忧过的话，这本该是很久以来他所经历过的最美好的一天。

那两头骡子在三英尺开外停下了脚步，它们尽可能远地把脑袋伸出去，以便够到玉米料斗。乔仍然懒洋洋地靠在栅栏上，看上去对骡子没什么兴趣。那两头骡子对乔的熟悉程度与他对它们的了解几乎没什么两样，乔不能表现出想抓住它们的样子。他转过脸去，把玉米弄得哗啦哗啦地响。

骡子们朝他小跑一步，把硕大的脑袋挤在料斗里。有时候，乔会在它们没被套上挽具的时候喂上一把谷子，他知道如何打消它们的疑心。骡子们开始用湿漉漉的舌头舔食玉米。再也没有一头骡子抬起头来，因为谷子只有一点点，每头骡子都必须尽快吃，以免另一头吃得比自己多。

乔的手向下摸索着扎在腰带里的绳子，当手指头摸到绳边的时候，他让料斗朝自己更靠近一些。两头骡子喷着鼻息，跟在料斗的后面走。接下来，等它们发现自己被绳子套住了的时候，已经太晚了，两头骡子试图转身奋力跑开。乔解开那根套在母骡脑袋上方的绳索，并在栅栏桩上打了个活结。当那头母骡用发黄的牙齿乱咬一通的时候，乔走到了它够不着的地方。

乔笑了。那头母骡很有心计。而那头马骡更加狡猾，它猛蹬地面，迈着不友好的步伐，这会让乘骑的人感到寸步难行，若行远路的话，骑骡的人骨头都会散架的。母骡迈着轻轻摇摆的步子，它是两头骡子当中走得快的那头。

母骡拉扯着套在脖子上的绳子的末端，但远未达到勒紧脖子、不能呼吸的程度。当乔拿着骡辔头走过来的时候,它目不转睛地看着乔。母骡突然向前迈步,让绳子松弛下来,并侧着身子急跑着把乔夹在栅栏和它自己之间。

乔又笑了。他用钝圆的鞋后跟朝它柔软的腹部踹过去。母骡像受了责备似的垂下耳朵,朝后退去,静静地站在那里。这两头骡子总是跟主人干仗,但它们从来没有过什么好下场,因为它们的主人是乔。当乔把嚼子塞进母骡的嘴里,固定好辔头,并牵着它从栅栏门走出去的时候,那头母骡显得十分温顺。

那头马骡猜疑地观看着整个过程。然后,当乔关上栅栏门并插上门栓的时候,马骡知道主人只需要那头母骡。马骡的一声长鸣打破了早晨的宁静;接着,它快步跑过去,舔起此前洒落在地上的几颗玉米粒。

乔横跨在母骡背上,摆好姿势,准备迎接即将到来的突然前冲。乔试图让母骡一直昂着头,但它却垂着脑袋,突然弓起背来要把他摔下去。乔用膝盖紧紧夹住母骡的两肋,有那么一阵子,母骡要么斜着身子要么扭动着身子,力图挣脱。接下来,它又扬起前腿,单靠后腿立着,试图让乔滑落到它的尾巴上。当母骡做出这个动作的时候,乔收紧缰绳,这样母骡就无法再把脑袋低下去。母骡愤怒地喘着气,然后乖乖地任由缰绳拉拽着,开始沿路朝坦尼店走去。前途未卜,乔的心里再次升起了片刻的苦闷。

乔是一个现实主义者。以往的经验告诉他,但凡值得拥有的东西皆来之不易。尽管他对西部一无所知,但是对于乘坐骡车的漫漫旅程意味着什么他可是非常清楚的。即便做最乐观的估计,一路西行也不会是一件轻松的事。尽管他从未怀疑过爱玛坚忍的品质,尽管他知道爱玛一旦决定了到西部去,她就会不遗余力地让这次旅行变得顺利而且完美……但是,在到达他们想要的那块土地之前,她的体力是否能承受这种艰苦呢?如果小爱玛在路上大病一场,又只有一辆骡车作为栖身之所,那又该怎么办?阿尔弗雷德、卡莱尔和小乔都还年幼。芭芭拉是否受得了这样的一趟旅行?乔让骡子半转过身,然后又转回去,继续往前走。他把事先搜罗、获取信息的工作揽到自己身上。乔对爱玛承诺过,他将会照顾她。这意味着,乔必须做好应对他们可能发生的任何一种情况的准备。可靠的信息来源太少了,不过西利是能说出真实情况的人。乔决定尽可能早地赶到西利那里。

天更亮了。但是对大多数人来说,此时起床还为时尚早。除了躺在商店前面睡觉的油头鬼,坦尼店前的十字路口没有一个人。一条小白狗从最后一幢房子里跑了出来,它对着母骡枉然地狂吠了几声。当骡子朝它冲过去时,那条狗忽地扭头逃进了阴暗的角落。

母骡突然快跑起来,乔任由它撒腿前进。接着,它自动放慢脚步,变成一种轻松的小跑,并渐次改成了步行前进。这是一条四轮运货车通行的道路。有时候,一辆辆满载货物的马车在阴雨连绵的天气里穿梭于坦尼店前十字路口与汉默斯小村之间。道路两旁布满了不均匀的深深的车辙痕迹,沿路到处可见嵌在地面上的岩块。在此之前,一头倒毙在这条路上的牛被人拖到了路边,它的尸骨在风吹雨淋之后散落在一处青草葳薤的小谷地里。

天空大亮了起来。乔忘了自己的那些质疑。当他骑着骡子从偶尔会出现一片空旷之地的森林中穿过的时候，他感到无忧无虑，甚至高兴起来。小爱玛会好起来的，乔让自己放下心来，因为当妻子照顾小爱玛的时候，她总是平安无事。也没有必要操心那些受损的庄稼。一个人若不能做某件事的话，他总可以做另外一件事。只有那些在遇到麻烦之后光哭不做的人，才是真正的不幸者。

在这之前，母骡先后停止了快跑与小跑，现在它走着前进。不过骡子走得很快，与人相比，它的步点要迈得急促得多。那头骡子再也没有对乔发起攻击。不过乔继续密切关注着它，用膝盖感受着它的任何一点变化。骡子是伪装的高手，它们会在最令人意想不到的时候发起进攻。一个人要是懂得骡子的习性，就会时不时地给它一些警告。

当乔想到芭芭拉会为她的妈妈和兄弟姐妹们准备早餐的时候，他心里升起一种饿得慌的感觉。不过，在此之前，他若是去吃早饭的话，就有可能会吵醒爱玛和小爱玛。他不得不早点离开，因为时间至关重要。他必须弄清楚关于西部的情况，然后把所了解到的一切说给爱玛听。

乔与母骡来到一段长长的和缓的下坡路上，这时骡子又小跑起来。一头白尾鹿的后面紧跟着一对小鹿，它们就像一道道影子从乔前面的道路上横穿而过，并站在长满树木的山边。乔的心里漾起欢歌般的愉悦。当他从它们面前经过时，他让骡子慢下脚步。因为他想更近地看看那头白尾鹿和身上长着斑纹的两个小宝贝。他希望爱玛也在场,因为一直以来她也喜欢看到这样的场景。

等那些鹿离开之后,乔记起鹿肉是人间美食,是最好吃的食物之一。现在乔可谓是饥肠辘辘。嗯,在西利家他肯定会吃到点什么东西。乔与他们未曾谋面,但任何一个来到自家门前的陌生人,都应该给他一些东西吃,那是通常的礼节。哪怕是冤家上门,让他空着肚子离开也是不礼貌的行为。

乔骑着骡子离开自家农场,两个多小时之后,他来到了汉默斯小村。

汉默斯小村除了那家比坦尼的店规模小一些、人气惨淡很多的商店,还有六幢房屋、一座教堂,以及一幢用一根根原木搭建起来的房子。这幢房子可能是一所学校,也有可能是被用来处理其他公共事务的地方。人们垦林囤地,在汉默斯小村的远处有一片片的农场。有两个人刚从商店里走出来,乔赶上那两个人,然后让骡子转身停下来。

"你们能告诉我约翰·西利住在哪儿吗?"他大声地问。

他们对来客流露出率真的兴趣:"沿着这条路笔直往前走,约翰家在第一座小山的顶上。我们可以帮你干点什么吗?"

"你们能不能告诉我,西利一家人会在家吗?"

"他们会在家的。你认为你能找到那个地方吗?"

"我想可以。谢谢你们!"

"这位稀客,您别客气。"

乔让骡子调转头,沿路往前走,他走出了汉默斯小村。一个男人赶着架在同一只牛轭下的两头牛,当乔从他面前经过时,这个男人好奇地看着他;此外,还有两个孩子停下来目不转睛地看着乔。乔并不觉得他们讨厌。生活在这种地方的人们,除了附近的邻居,很少看到其他人,他们对异乡来客总是自然而然地流露出一副好奇的样子。母骡朝第一座山上走去,乔把骡子牵到山顶上的农场空地上。比起大多数的农场,这座农场要富裕得多。这里有一幢用原木搭建的坚固的好房子,屋顶是用木板拼接而成的。很显然,约翰·西利享受的奢华程度超出了平均水准,因为房子的各侧都是玻璃窗户。那座房子的后面是一间牲口棚和几处棚屋,其后再远处是一片片田地和森林。

一个男人赶着两组牛,正从一片田地上拖运着一堆沉甸甸的原木朝那间牲口棚前进,那个男人的身边还跟着一个十五岁上下的男孩。一群小孩子从木房子敞开的大门挤了进去,一条毛茸茸的狗漫不经心地叫着走了过来,对乔摇着尾巴。母骡警惕地朝后退去,乔睁大眼睛紧盯着骡子。乔到这里来是要从生活在这里的人们那里寻求点什么,如果他听任骡子把他们的狗踢到一边,就没法跟他们建立起友好关系。

这时走来一位妇女,她站在大门入口处的孩子们的后面。乔觉得她看上去有点像爱玛,便立刻觉得稍微从容自在了一些。虽然他平时在与陌生女人打交道时会感到拘束,但是他觉得他可以跟这一位说一说话。乔从骡背上溜下来,手里握着缰绳,他彬彬有礼地说:"夫人,我在找约翰·西利的家。我叫乔·托尔。我是从坦尼店前路口那边过来的。"

女人笑了,满脸热情:"托尔先生,这里就是西利家。我男人现在在小树林里干活呢。"

"那边过来一个男人和一个男孩。他们在拖一堆原木。"

"那是我的丈夫和孩子。你吃过早餐了吗,托尔先生?"

"还没呢,夫人。"

"我马上给你拿点吃的东西来!你把骡子牵到屋后去吧。"

西利太太匆匆跑进屋,乔把骡子朝屋后牵去。乔事先准备了一条系绳,因为不管主人多么好客,来客也不好为了逮住骡子而向主人讨要玉米。在给骡子卸下辔头之前,乔把绳子套在骡子的脖子上,接着把它系在栅栏桩上。乔转身去迎接那个男人和小男孩,此时,他们离牲口棚已经很近了。

约翰·西利是一个身材矮壮、肩宽体阔的人。很明显,只要慢条斯理的举止不妨碍到他,他就绝不会做出急如星火的动作。不过,他有一种与他劳作的土地相似的品质,那就是坚实与可信。乔一下子喜欢上这个人。乔对那个小男孩投去赞赏的目光。他怀疑这个男孩与他二十年前的爸爸是一个模子里刻出来的。

"您是约翰·西利吗?"乔问。

"我就是,"约翰·西利声音低沉,与他健壮结实的身体一样厚重,"我能为您干点什么?"

"我姓托尔,"乔自我介绍说,"全名乔·托尔。我来这里不完全是为了找您谈话,我其实是想见到令尊。莱斯特·坦尼把您父亲去过西部的事告诉了我。"

"那您……"这个人猜测地问道,"您也打算去西部吗?"

"我一直在考虑这件事。我想先和去过那里的人谈一谈。"

"我去过那里。"

"您去过吗？"

"是的，不过我选择待在密苏里州。"

"您不喜欢西部吗？"

"我更喜欢这里。哎呀，西部可不是什么天堂啊。那里多雨，雪天冷得要命，臭虫咬起人来可厉害啦。另外，那个鬼地方前不挨村后不着店啊。"

"那不要钱的土地呢？"

"那里就是土地多，一个人如果只是奔着它去的话，倒是可以考虑。"

"那要取决于你看问题的立场了，不是吗？"

约翰·西利用犀利的眼神瞥了他一眼："您说的没错。您打算什么时候去呀？"

"我还没有确定我一定会去。我只是想了解一下情况。"

"告诉您吧，"约翰·西利说，"我只去过一次加州公路，这条路也被人称为俄勒冈小道。但是我父亲大半辈子生活在西部。您和他说吧，他很快就来了。您应该见过索菲了吧？"

"见到了。您太太真是太客气了，她还要给我拿些早餐吃，我实在不好谢绝。太阳还没上山，我就从家里出发来您这儿啦。"

"哦，天哪！您空着肚子跑了十五英里的路啊！快跟我进屋吧！"

乔跟着约翰·西利走进了他家。乔饥肠辘辘地闻着烘饼散发出的诱人的香气，听着煎香肠发出的嗞嗞声，他感到好生羡慕。约翰·西利如果在七月份买得起香肠，那他一定很有钱。对大多数人来说，在这个时候上等精肉不过是甜美的记忆，要等天气冷下来之后，肉能够长期存放的时候才能尝上一口。那群孩子走到门外去玩耍，那条狗也欢跳着跟着他们。索菲·西利把金褐色的薄煎饼和香肠馅饼盛到了乔的盘子里，并给他的杯子倒上咖啡。乔开始吃了。在他吃饭期间没有人说话，因为在这种情况下打扰他是不礼貌的。一个人在饥饿的时候，最重要的是让他先把肚子填饱。

乔吃完后把餐盘推了回去。他听到木门闩被拉起的声音。门开了，乔的目光被吸引了，他前倾着身体坐在椅子上。

走进房间的这个男人苍老得如同一块岩石，身材魁梧得如同一座小山。西利大爷像约翰·西利一样健壮结实，他挺着腰板，比他大个头儿的儿子还要高。一头白发从他的大脑瓜上瀑布般地披散下来，并在双肩周围飘散着，白花花的长须一直垂到了胸口。西利大爷的动作沉稳而优雅。他径直走到餐桌前坐了下来。他两眼盯着乔却看不见乔。在他落座之前，乔都不知道他那双清澈的蓝眼睛看不见东西。西利大爷失明了，也许在他家的周围他还能找到路，因为这里从来没有人搬动过什么东西。

西利大爷的儿子起身站在老人的肩膀旁边。约翰·西利说话时没有提高嗓门："老爷子，来了一个要找你的人。"

"哦。"老人的嗓子里混杂着和风与狂风的音色，还夹带着溪流的潺潺、奇异的鸟鸣，"谁啊？"

"我姓托尔，"乔一边将手伸到餐桌对面抓住老人的手，一边自我介绍,"我叫乔·托尔。我是从坦尼店前十字路口那边过来的,我想问问您有关西部的情况。"

"很高兴认识您,乔!"

"我得回去干活啦。"约翰·西利说。

约翰·西利离开了。西利大爷问乔:"您想了解哪方面的情况呢?"

"我……"乔支支吾吾起来。为了打听西部的情况,乔专门跑过来,可是到了现在,他才发现自己不知该从何处开始发问。"我想到那里去……"他笨嘴拙舌地说。

"您该不会只是鼻子朝西,然后就那样一路走下去吧?"

"不会的。我来见您就是要请教您这方面的问题。我想知道我该如何到西部去。"

"西部可大啦。您的目标是什么?"

"一个叫汤利的家伙对我说,他骑着马沿东南西北绕圈各走了三天,最后回到了起点。他沿途打桩圈下他的地块。"

"汤利是个骗子。"西利大爷肯定地对他说,"不过呢,在西南部地区有一些划拨的大牧场和土地,面积大得像密苏里州一样。当地的人拥有大量的土地,在一些乡村地区,人们也许会拿出八十英亩的地来饲养一头牛。您是打算去养牛的吗?"

"不是。我是个庄稼汉。"

"那您去俄勒冈!"西利大爷说,"俄勒冈是您想要的地方。您可以圈一块四分之一平方英里的地。在那里的乡下,任何一个农民都需要那么多的土地。"

"我如何才能到达俄勒冈呢?"

"先走到独立城①，再踏上那条小道。尽管独立城里随便哪个人都能找到那条路，但他们不会为您引路的，您可别错过了。我上次从那里经过时，那条小道在某些地方有几英里宽，我认为现在它更加宽阔了。由于有大大小小的旅行运输车从那里经过，西去淘金的人不得不从主道上扩大范围，以便找到饲养牲畜的水草。到了那条小道上之后，您就跟在车队的后面，那样您就没事了。不过，去俄勒冈的话，出发时间是五月份。除非您想独自前往，否则您应该等到明年春天再出发。"

"孤零零的一辆车走得过去吗？"

"当然可以。不过沿途您会寂寞得要命。踏入茫茫无边的大草原之后，一切全由您自己来掌握了。不过您还是可以单独前往的。一些三五成群的摩门教徒，从密苏里州出发，一路上推着手推车前进。帮男人们一起推车前进的还有很多妇女。不过，这么晚才出发的话，今年夏天您赶不到俄勒冈的。"

"那我还能赶多远的路？"

"您打算怎么去？"

"最好的出行方法是什么呢？"

"骡子，"西利大爷毫不犹豫地说，"其次才是牛。在水草不足的时候，牛也能对付得过去，但是它们行动缓慢。马骑起来倒是没问题，但是它们不适应长途运输的旅程。"

"两头一组的骡子，够吗？"

"那要看您的运气了。您应该有两组骡子，或者不管怎么

---

① 美国密苏里州西部城市，在堪萨斯城以东 16 公里。

样,在两头一组之外再备一头以防不测。那么,如果您损失了一头,您总能走到某个卖骡子的地方再买一头补上。"

"在夏天结束之前我还能走多远?"

"不管怎样,您可以走到拉勒米。如果运气好,风暴不靠近您的话,您会赶到布瑞哲堡。不过,赶到拉勒米的时间还是很充足的。"

"在冬天的时候,路上是否能找到什么活儿干呢?"

"任何想找活干的人都能找到活儿。我跟您说吧,在拉勒米以西不足一天行程的一个地方,有我的一个朋友,他开了一家生活物资贸易商行。他的名字叫吉姆·斯内德克。您就说是我把您介绍到他那里去的,他会给您还有您的那两头骡子一份活儿干的——假如您想给他干活的话。"

"印第安人会给我们惹麻烦吗?"

"这要取决于您啦。与印第安人有关的一百次争斗当中,九十八次不是由印第安人引起的,而是因为移民的某种拙劣的行为导致了与印第安人的纠纷。如果您不去给印第安人添麻烦,也不让他们来给自己添麻烦,那么您应该就不会有什么麻烦的。"

"除此之外我还需要准备些什么?"

"与您同行的有多少人?"

"有我妻子,还有六个小孩。"

"凡是能吃的东西都装到车上,"西利大爷建议道,"携带大量的面粉。把鸡蛋带上,鸡蛋要埋在一桶玉米粉里。鸡蛋快吃完时,玉米粉也要同时吃光。您应该带上咖啡以及您爱吃的不管什么东西。把工具带着,您现在在这里用的工具都会用得上的。碗碟和家具之类的尽量少带。在从独立城到威拉米特河谷的两地之间,人们沿途从骡车里扔出去的家居用品不知有多少,几乎能把一座比圣路易斯城大十倍的城市填满。您有奶牛吗?"

"有两头。"

"两头都带上,那样您始终都会有奶喝。把早上挤的奶装在桶里,挂在骡车后面,到了晚上就有黄油了。晚上挤的奶要喝掉。您会打猎吗?"

"还凑合吧。"

"路上还有野牛,我想任何时候都会有的。我们踏入圣达菲的时候碰到过三十头野牛,不过那种场面再也不可能有了。您可以指望吃上足够的野牛肉。您有钱吗?"

"很少。"乔没有隐瞒。

"保管好您的钱。把所有的钱都带上,尽可能多地挣钱。您会碰上花钱的时候的。"

乔有些惊讶地问:"在俄勒冈小道上也用得上钱吗?"

"用得上。"西利大爷确定地说,"假如一头骡子死了的话,您总得另买一头吧?如果您需要储存些面粉,不带钱怎么行?"有那么一会儿工夫,西利大爷迷失在高龄者梦幻般的自我沉吟之中,"现在和以前不一样了。以前一个人不需要带什么东西,单枪匹马就可以上路。如果这个人没有马的话,靠一支步枪也总能得到一匹马。西部现在已经变成了另一番样子。那里的人脱掉了三角裤,穿上了长马裤。除非您有点钱,否则不要试图踏上西去的道路。"

"还有什么需要注意的吗？"

"观察路上您会遇到的同行者。您会碰到士兵,但不会出现警员或警察,您会发现杀人凶手,不过您可别大惊小怪。不要走得太快或是太慢。借助上帝给您的启示,您就会平安无事的。"

"就这些了吗？"

"我什么都告诉您了,"西利大爷让乔放心,"如果您还想问别的什么问题,我会尽量回答您。"

"我想不出别的什么问题了,"乔坦言,"我会打点好行装,先去独立城,找到那条俄勒冈小道,我会运用常识来应对路上发生的一切。"

"那就对了。"

"谢谢您为我花费这些时间。非常感谢！"

西利大爷喃喃道:"如今我幸福的时光全是那些了。"

"您说什么？"

"我没说啥,"老人告诉他,与其说他是对乔说话,不如说他是在自言自语,"我真想照着我第一次西去的路线再走一遍。"

初次见到这个老人还不到一小时,乔便感到自己与他之间产生了一种温暖人心的亲密关系。西利大爷待在家里不出门,在他的余生中,他再也不会远行了。但是从前,他曾面对过巨大的困难并向它发起过挑战,他渴望还有那么一次经历。乔再次抓住老人的手,看着他失去了视力的眼睛。

"您给了我很多关照,"乔临走时,对女主人说,"谢谢您,西利太太,谢谢您为我所做的一切!"

她说:"噢,我真心希望你一切都顺顺利利!"

"不会有什么意外的。样样都会很好。"

乔让母骡站着不动,为它套上辔头。乔跨上骡背,任由母骡按自己的快慢节奏回家去。当他骑到自家院子里的时候,太阳已经高高地升起来了。芭芭拉满脸泪痕,哭红了眼睛,她走到乔的面前。在一阵突然的惊慌中,乔的心跳到了嗓子眼——他离家的时候,小爱玛一直生着病。

乔问:"怎么了?"

"那头奶牛!"芭芭拉强忍抽泣,"克洛弗①!你不在时它摔断了腿,皮特·多姆利开枪打死了它!"

芭芭拉扑进乔的怀里。多年以来她头一次哭得像那个乔曾经熟悉的小女孩。乔紧紧地抱着她,用他粗糙的手抚摸着她修长的后背。在此之前,这一天过得非常不错,乔学到了很多他需要知道的东西。不过,现在他深感不安。因为他意识到,他还没有学习该如何做好准备,从而让一个敏感又年轻的女孩,在未来漫长的旅程中应对她肯定会面对的困难和危险。

①奶牛的名字。

国际少年生存小说典藏

第五章　出发

那头母骡试图把脑袋朝近旁繁茂的青草凑过去，它把缰绳拽得紧绷绷的。这时，乔粗暴地一拉，把它拽了回来。母骡温顺地站在乔的身后。两头骡子都能准确把握主人的情绪，就像乔摸透了它们的脾气一样。它们永远清楚自己能走出多远，什么时候要表现得好一些。在等待乔的时候，母骡甚至没有拉紧缰绳。

芭芭拉把满是泪痕的脸埋在乔的衬衫的前襟里，乔紧紧地拥抱着她。芭芭拉的身子痉挛般地颤动着。对乔来说，女儿每一声折磨人的抽泣好像也是从他自己的喉咙里发出来似的。乔心里经受着惶惑不安，尽管在这种情况下他应该说几句话，可是他没能想到要说什么。乔想起了先前的一头母鹿，那头母鹿的臀部被步枪的子弹打得皮开肉绽。乔有一种狂乱的意识，那就是：那头受伤的母鹿与自己受挫的孩子，有某种相似的地方——对于那头鹿来说，同样没有人能为它干点什么。

乔说："别哭，鲍比！请你不要再哭了！"

"太、太可怕了！"

"我知道，但是你想让克洛弗忍受断腿后的痛苦吗？皮特做的没错。假如当时我在这儿的话，我也会那样做的。"

泰德的狗气喘吁吁地来到房子的一个角落，然后躺倒在阴凉的地方。泰德跟着也来了，他一边用刀削着一根棍子，一边踢着下落的刨花。他看着爸爸怀里哭泣的姐姐，脸上流露出一种轻蔑的表情，那是所有雄性生物在所有雌性生物面前所展示出来的明显的优越感。

"哼！为了一头老牛在哭！"

乔忽然感到有救了。尽管他不知道该如何安慰一个心碎的姑娘，但是在这个时候，他很清楚该如何收拾他那个一脸雀斑的儿子。他之所以感到轻松，是因为泰德为他压抑的感情提供了一个发泄的出口。

"你给我滚，"他吼起来，"要不然我砍一根山核桃树枝，鞭死你这个坏东西！"

泰德说："我什么坏事也没干呀！"

"首先，你手里拿着一把刀跑来跑去的！另外，你现在已经那么大了，还穿着那条短马裤！你赶快滚蛋，要是你再那样拿着刀被我抓到的话，我会把刀夺走！"

泰德昂首挺胸地走回到房子周围。爱犬迈克站起身跟在泰德后面。乔喘着粗气，他后悔刚才对泰德那么严厉地说话。但是这个魔咒却以某种他不知道的方式解开了。芭芭拉再也没有近乎神经质般地哭泣。她推开了乔，用一块手帕擦着眼睛，敏感地笑了。乔突然有了灵感。

"喂,亲爱的,你去对你妈说,我把这头骡子牵到一边后,有事要跟她说。你也可以等着我。我们有点家事要商量。"

有那么一会儿,芭芭拉没有说话,刹那之间乔有点儿惊慌,因为他以为芭芭拉又要开始哭起来了。可是恰恰相反,芭芭拉的脸上露出了笑意。

"我会对她说的,爸爸。"

芭芭拉走开了,乔高兴起来。他的妙计奏效了。通过把芭芭拉支开到爱玛那儿,他至少让她把注意力从可怜的克洛弗身上转移开了。芭芭拉把农场里所有的动物都当成了自己的宠物,而那些宠物的命运会触及她高度敏感的神经。她见不得自己喜欢的任何一只动物受到伤害。每逢秋天杀猪的时候,芭芭拉总是找个借口去拜访她最好的朋友玛西亚·格拉格提,并且总是要待到一切都结束的时候才愿意回家。尽管芭芭拉是个乐意拼命干活的勤快人,但是在屠宰的时候,谁都别指望她能帮上什么忙。男人们理所当然是要承担屠宰的工作的。有时候乔替她担心,因为很显然,芭芭拉注定会是一个农民的妻子。照此推论,她本该知道作为一个农民的妻子的责任,而处理那些畜肉就是其中的一件事情。新一轮的疑虑与犹豫又在乔的心中产生了。

乔首先希望孩子们拥有的机会比他所知道的更多更好。对他的这个想法,泰德一定会欣喜若狂,但西部真的是一个适合芭芭拉的地方吗?她是在这里长大的,她所有的朋友都在这里。让她背井离乡的做法正确吗?那无异于将她与她所熟悉和热爱的一切活生生地剥离开来。而且乔一直认为芭芭拉内心非常脆弱,她能承受得了像这样的一次长途旅行中的苦难吗?离开密苏里州她会失去很多东西,西部会给她什么补偿吗?乔聊以自慰的是:芭芭拉有她自己的想法。在即将到来的家庭会议上,自己有望听到她说出自己真实的念头。

乔皱起了眉头。尽管他历经挫败,但是没有一次能与最近的灾难相比——庄稼全部被毁,还损失了一头能派上大用场的奶牛。看来,他辛苦劳作的这片土地彻底抛弃了他。他突然感受到一种要离开这里的疯狂的冲动,他要即刻启程去俄勒冈,因为只有在那里,一个男人才做得了自己的主人。乔把母骡牵到屋角的附近,他看到泰德斜靠在房子的墙壁上。

乔停下来粗声粗气地说:"对不起,泰德,我不该对你大声地喊叫。"

泰德耸了耸肩:"克洛弗的腿断了。我亲眼看到的。除了开枪打死它,你还能怎么样?"

"没有别的办法,"乔承认,"可是女人们无法……"

"无法什么?"泰德问。

"有一些事情她们无法理解。"

这是一个没有说服力的解释,一个不圆满的解释。绝大多数的人情世故,女人们没有不明白的。乔听说过,一些男人曾痛苦地挣扎着死去,而与此同时,其他的男人却冷漠地站在近旁。有时候那就是活生生的现实。无论如何,在能为一头死去的牛而流下真心的眼泪的人的身上,肯定有着某种高大而健全的人格。

泰德漫不经心地问:"爸爸,今天早上你都得到了些什么消息？"

乔没有马上回答，他把那头母骡牵到牧场上，然后卸下骡辔头并关上栅栏门。就他所知道的情况而言，没有一个孩子对他和爱玛远走西部的计划表示过怀疑。不过泰德有一种习惯，那就是尽可能地探明别人以为他不会知道的内幕。当乔从坦尼店里回来的那个晚上，他也许一直醒着，躺在床上偷听乔和爱玛的谈话。

乔朝泰德转过身去，说："你过来跟着听就明白了。"

四个年幼的孩子在房门口见到乔，乔的心里开朗起来。不可思议的高烧没有任何征兆地降临在了小爱玛的身上，但很快就退了，小爱玛显然又恢复了健康。乔知道孩子们想跟他一起做游戏，但是他觉得现在不是耍闹的时候。他们即将背井离乡，其意义之深远将影响到所有人的生活。

芭芭拉优雅地坐在一把椅子上。爱玛靠在排水槽上，泰德偷偷溜了过去，在一个角落里缩着身子。乔朝泰德扫了一眼，这个孩子两眼放光，满脸兴奋。乔清了清嗓子，非常想成为一个讲故事的高手，这样他好用准确生动的语言为翘首以待的家人描述出一幅美好的图景。

"我在汉默斯小村看到西利大爷了，"乔开始讲起来，"他是一位在西部住了大半辈子的老人……"

乔用既简单又直白的语言对他们讲起了自己的见闻。他提到了俄勒冈，在那里任何一个家庭都可以免费获得一块四分之一平方英里的土地。有了它，人们就可以生活下去而且过得很好。他提到了俄勒冈小道，到独立城之后就可以抵达那条

小道。一路上他们将独自前行,因为大多数西去俄勒冈的移民在五月份就已经动身了,他们可能会非常孤独。骡子是拉车的最好的牲畜,不过他们真的应该有备用的一组骡子,或者至少有一头替补的牲口。他们应该尽可能多地携带粮食,这意味着他们必须留下大部分的家居用品。不过,凡是带不走的东西在变卖之后必然会回收一笔资金。尽管带够了食物,路上也不得不靠打猎获取肉食。不管怎样,他们可能会遇上野牛和其他的野生动物。而印第安人不会成为他们的威胁。

乔一五一十地讲明了情况,他既没有添油加醋,也没有秘而不宣。乔看了看爱玛,妻子脸色苍白,她镇静地靠着墙壁站着。乔看了看芭芭拉,芭芭拉一只手托着下巴坐着,像在梦中似的。乔看了看泰德,小家伙摇来晃去,非常亢奋。四个年幼的孩子当中,哪怕是很少能安静坐着的阿尔弗雷德,此时看上去也在专心致志地听着。乔用手指头把自己蓬松散乱的头发梳理了一下。

"嗯,就这些了。故事讲完了,在我听来可是原汁原味的一个故事啊。我把我知道的全都告诉你们了。"

"俄冈①,"卡莱尔尖着嗓子喊,"我们去俄冈。"

接着是片刻的死寂。

爱玛的双手紧张地扣在胸前,然后她努力地分开两手:"西利先生有没有说在冬季来临之前一定能赶到拉勒米?"

"他说了,我们到那里之后时间还很充裕。如果幸运的话,

①卡莱尔把俄勒冈错说成俄冈。

我们甚至可以到达布瑞哲堡。"

爱玛的双手再一次十指相扣，她的指关节渐渐发白："他对我们将在那里找到的一块四分之一平方英里的土地说什么了吗？冬天的时候，我……我该不会乐意住在一间印第安人的帐篷里。"

乔笑了："你不必住帐篷。拉勒米是一处军营，但我们不会待在那里。在拉勒米的西边，有一家生活物资贸易商行，老板叫斯内德克。冬天的时候，我可以在他那里得到一份工作。"

"在整个旅行期间，不可能样样东西都带个够。路上有什么地方可以再买到粮食吗？"

乔严肃地说："那样的地方并不太多。不过如果非得补给的话，我们是可以囤够粮食的。"

"西……西利先生是否肯定地说过，印第安人不会来惹麻烦？"

常有这种情况发生：当乔和爱玛同时产生了相同的想法时，乔眼前出现了一个稍纵即逝的可怕的幻觉——他年幼的孩子们蓬松的头发被用来装饰某个凶狠的武士王子的烟雾弥漫的林间小屋。

在回答之前乔犹豫了一下。接着，乔回答道："西利说，如果我们不去打扰印第安人并且不让他们来打扰我们的话，那我们就没有麻烦。"一提起印第安人，大家都沉默了。

接着响起了敲门声。乔打开门，原来是伊莱亚斯·多兰斯。他用缰绳把坐骑系在一旁。吸血大耳龙友善地打起了招呼。

"你好，乔。"

"你好。啊，进来吧。"

　　吸血大耳窿走了进来，他恭恭敬敬地朝爱玛和芭芭拉转过身去："托尔夫人，托尔小姐。"他朝孩子们扫视了一圈,并朝乔转过身去："我想知道你是否已经改变了主意。"

　　乔心里虽然局促不安,但也有少许的心满意足之感。不管是谁,招待上门客一顿饭是待客礼节的一部分,不过那也得是当客人在用餐时间造访的情况下。因为有家人在场,乔克制着怒火。

　　乔说："没有。我没有改变主意。"

　　"我明白了。"伊莱亚斯还是一副亲切的样子,"我不过是骑马从这里路过,我想这是进来看看你的一个好机会。好啦,我必须走了,很高兴看到你可爱的一家人。如果你想和我谈谈的话,你只用到我办公室来一下就好。"

　　伊莱亚斯再次鞠躬并离开了。乔打算用鞋尖帮他开门,但他忍住了这个冲动。伊莱亚斯并不只是顺便经过而已。他骑马出来是想搞清楚他还能不能有什么办法把托尔家剩下的东西当抵押物。乔觉得有一种又湿又冷的东西——它既不是身上的某种东西,也不是源自任何坚固的物体——从他的心头扫过。他转身去看爱玛,妻子正死死地盯着四个年幼的孩子。爱玛的目光在芭芭拉和泰德之间转来转去,接着与他的眼神撞了个正着。爱玛脸颊上失去的血色现在又忽然出现了。

　　"乔,我觉得到了该把我们要去俄勒冈的事告诉孩子们的时候了!"

　　"呜——哇——"泰德尖叫起来。

　　爱玛责备地朝他瞥了一眼,泰德安静了下来,但他仍然抑制不住内心的喜悦,整个脸上洋溢着幸福的笑容。

"俄冈,"卡莱尔又叫起来,"我们去俄冈。"

"那个地方叫俄勒冈,对吧,妈妈?"小爱玛纠正卡莱尔的发音。

爱玛发出一声悠长的叹息,说:"是的,亲爱的,那地方叫俄勒冈。"

"我想,"芭芭拉说,"那会是非常棒的一件事!"

乔吓了一跳,他转身去看芭芭拉,因为在她的话音里出现了过去从未出现过的那种欢快的语调。芭芭拉说起话来像个大人,她的眼睛兴奋地睁得大大的,脸颊上泛着一片潮红。乔摇了摇头。他原以为,对这样的一次旅行,在所有的家庭成员当中,可能只有芭芭拉会畏缩不前。

乔说:"鲍比,你原来是真想去俄勒冈啊!"

芭芭拉已醉心于她的梦幻之中,没有说话。爱玛替女儿答道:"她当然想去啦。"

乔看了妻子一眼,此时此刻,他觉察出另一个关于女人的不解之谜。他能理解泰德的兴奋劲儿,因为他期待着新的视野和新的冒险,不过呢,泰德是个男孩子,他做出这样的反应是自然而然的事情。而芭芭拉,她也是一个年轻人,在这一点上他没有像爱玛一样透彻地理解她。年轻人意味着胆子大、富于探索精神,地平线上最远的那个点总是在诱惑着他们的心。乔又望向四个年幼的孩子,咧嘴笑了:"你们有谁想说点什么吗?"

小乔问:"俄勒冈有多远?"

"相当远,小乔。"

"哦。"这个小家伙认真地思考起这个刚刚冒出来的问题。

就孩子们对这条消息所表现出来的态度，乔感到了一种莫大的慰藉。乔突然想起来了什么，说："哎呀，坏了！"

爱玛说："出什么事了吗？"

"我到这儿来的时候，肯定是一时糊涂，把那头母骡的辔头丢到地上了。我得回去捡起来。"

泰德高兴地说："我和你一起去，爸爸。"

父子两人一起从家里走出去。当他从熟悉的院子里走过时，乔感到一身轻松，甚至有些眩晕。因为他们将迈出西去的脚步。乔咧嘴笑了。在此之前，他做出了一个了不起的决定和一个不起眼的决定，那就是他们将要踏上去俄勒冈的道路，同时他必须把骡辔头捡起来。

"爸爸，我们什么时候出发？"泰德小声地问。

"做好准备后马上就走。"

"迈克也能跟着去吗？"

"它要是愿意沿路走着去的话也可以啊。"

泰德小声说："我也会一路走着去的！爸爸，我可以拿枪打野牛吗？可以吗？"

乔一团和气地说："哎呀，我们都还没有走出密苏里州呢。我们甚至都还没有动身，你就说什么野牛！等我们看到几头之后再说行吗？"

"你认为我们会跟印第安人干仗吗，爸爸？"泰德询问的时候屏住了呼吸。

"只要我能控制得了局面，就不会与他们交火。"乔突然清醒过来，"泰德，在这次旅行的路上，你和我都得表现得像个男子汉啊，明白吗？"

"明白，爸爸！我懂你的意思，所有我能干的事情我都会帮忙的！你别骗我，我可以把我们去西部的事告诉伯斯特·特里维廉吗？"

"当然可以。"

泰德扯起嗓子一声呼唤，迈克便快跑着跟在他的身后。泰德离开了。乔拿起锄头，朝那两头骡子瞥了一眼。两头骡子站在一起，用嘴唇互相轻咬着对方。尽管它们经常会为谁将得到最多的精饲料而争斗，但彼此是真心喜欢对方的。乔认为那也是一件好事。因为作为杂交动物的骡子无法繁衍后代，它们有时肯定会感到非常的沮丧。

一只云雀在栅栏上欢唱着，乔模仿着那只鸟悦耳的啼唱，声音近乎完美。那只云雀又叫起来，乔与它一唱一和。他想知道在俄勒冈是否也有云雀，他非常渴望在那里找到它们的踪影，因为那是一种图腾鸟，是好运气的象征。身边只要有一只云雀，一切都不可能太坏。尽管他的一些邻居为了吃到这种野味，时不时会开枪射杀或是用陷阱捕捉，但是乔一直反对以任何理由杀害它们。

从矮树丛的一个角落里传出一只美洲鹌的叫声，乔与它对答着。在下方的小溪附近，一只红翼黑鸟栖身在一根摇曳的芦苇上。乔一直秘密地珍藏着一个心愿，他想拉小提琴，或是演奏任何一种乐器，可是他始终未能实现这个愿望。除种庄稼之外，乔有一样本领，那就是学鸟叫，对此他可是乐此不疲。燕西·伽罗会拉小提琴,但他说过自己宁愿与乔交换自己的才艺。

当乔再次看到被糟蹋的庄稼地的时候,他的心头涌起了一阵巨大的苦痛。那是当丰收在望的庄稼被毁时,任何一位庄稼好手都会有的痛心。他不再有与这些庄稼地同呼吸共命运的感觉了。这些庄稼地失去了挽留他的力量,再也无法让他俯首听命。乔的思绪飞到了俄勒冈。那种时不时冒出的该准备点什么的强烈愿望,肯定会让那趟旅行取得成功。

乔把骡辔头拿到牲口棚,他小心翼翼地把辔头挂在专用的木楔子上。平时那两头骡子的挽具都放在牲口棚里。当乔的目光移到那些挽具上面的时候,他发现了一条磨损了的拖拉用的挽带。他明白,在启程之前,必须更换或是修理那条挽带。在俄勒冈小道上,皮革商店难得一见,而且相隔甚远。把一切打理得井井有条是乔的习惯,于是他把两间骡厩里堆积的厩肥清理了出去。白天也好,晚上也好,那两头骡子整个夏天都会待在草地上。而到了今年冬天,骡子们将不会再待在这两间骡厩里。

四个年幼的孩子在院子里玩耍。乔走进屋里,他发现只有妻子一个人。爱玛正呆呆地出神,她站在炉子旁边,这里摸一下那里摸一下,好像是要记住炉子带给她的感觉。当爱玛感到乔在身后的时候,她像犯了错似的转过身来。

"你吓了我一跳。"她说。

"你舍不得丢掉这只炉子吗?"

"这是一只很好的炉子,"她不服气地反驳道,"只是,我的祖母没用过这样的一只炉子,她也照样生活得挺好。我想没有它我也能过。"

乔叹了一口气，他的目光从房间里那些即将被扔掉的各种各样的东西上面依次扫过。

爱玛看着乔，她忽然跺了一下脚："我明白了,乔·托尔。我不会自寻烦恼,不会为所有那些我们无法带走的东西而后悔的。那不过是一些东西而已,不是人。我们的孩子,也就是我们最爱的人,他们会一个不少地与我们待在一起。所以我们不必为随便哪只破炉子患得患失。"

乔咯咯地笑了。接下来,目睹着爱玛轻微颤抖的嘴唇,乔轻轻地说:"不过,当那些东西的确让我们面临两难选择的时候,也不要处处装出一副若无其事的样子。这是一只很好的炉子,以后你会想起它的。"

爱玛又叽叽咕咕地说了一会儿,然后她急忙换了个话题:"乔,关于那头奶牛的事情,我很感激你,你让芭芭拉想开了一些。"

乔一脸惊讶地问:"我让她想开一些了吗？"

"因为你,她没有再哭了,不是吗？"

"是的。可是……"

爱玛轻声地说:"你确实不明白为什么一个小女孩宁愿在你的肩膀上哭泣,而这是我那么爱你的原因之一。"她掏出手绢擦了擦鼻涕,"皮特杀牛的处理方式是恰当的。"

乔说:"嗯,会有很多牛肉干的,把牛肉腌上可以放很长时间。"

爱玛含泪看着他笑了:"乔,我们家有谁会吃克洛弗的肉呢？我请皮特把牛肉拿去卖给莱斯特·坦尼。那样我们就有更多的钱花,因为我们要去俄勒冈呀。"

乔挠了挠头："我想你做得对。我不能贪图那点口福，我们确实需要钱。"西利大爷曾经说过，要准备好钱、粮食还有一桶玉米粉。所有可吃的东西只要搬得动，统统都要带上。

"有很多计划需要落实。"乔对爱玛说。

"很多计划。"爱玛点着头重复了一遍，她努力做到沉着冷静。

西利大爷曾对乔说过，先去独立城，然后踏入俄勒冈小道，运用常识来应对各种情况。一切看似简单，实则不然，西去的路上情况会复杂得多。比方说，大多数时候，他们也许可以在骡车旁边扎营露宿，但是如果遇上风雨交加的夜晚，他们就不得不睡在车厢里面，到那时候该怎么办呢？需要为此储备粮食。骡车自身必须接受一次彻底的检查，有缺陷的部件需要更换。不用说，骡车的车厢要建得高一些，并用一顶帆布做成的篷布严严实实地罩住。跟车的每一样东西，从最小的到最大的，都必须各就各位，妥当放置。举家西迁，一切都得周密计划，可到目前为止，乔一样都没有安排妥帖。

芭芭拉和小爱玛共住一间房，她从那间房里走了出来，乔又来了精神。芭芭拉刚刚还在他的怀里，一副深受打击、萎靡不振的样子。现在，在她的脸上早已找不到一丝沮丧的神情，只剩下因兴奋而勃发的纯粹可爱的模样。这些情绪总是伴随着这个姑娘，并感染到她遇到的每一个人。芭芭拉笑了。

"爸爸，你为什么不去一边钓鱼一边考虑问题呢？下午你不用下地干活。"

乔感激地看着芭芭拉。比起男人对女人的理解，女人似乎更懂得男人的心思。爱玛知道,乔有时候需要靠独处来思考问题。芭芭拉像她妈妈一样,也懂得这个道理。

"哎呀,你瞧瞧,"乔说,"我刚好要去做这件事。"

以前,尽管乔非常渴望出去钓鱼,但他花在上面的时间都不会很长。钓鱼的时候,他体验到的是一种灵魂的平静和内心的安宁,他发现自己什么都不用干,能不能钓到鱼其实无关紧要。一个真正的渔夫,并不把心放在一些琐碎的事情上。乔突然感到自己必须去垂钓。

"爸爸,你快一点!"泰德站在门框里喊,"虫子和钓竿,我全都准备好了。"

"我还以为你去找伯斯特·特里维廉了呢,你没有去吗?"

"我去看他了呀。他帮我挖了虫子。"

不知怎么,乔觉得自己一定是一个容易受人支配的浅薄的人。他女儿建议他去钓鱼。他的妻子也"告诉"过他同样的事,尽管她没有明说。现在,他的儿子拿着渔具和钓饵出现在他的面前。乔犹豫了。爱玛在催促他:"去吧。总之,你今天没有要干的活,钓钓鱼对你来说挺好的。"

"好吧,我们也许会钓到很多鱼的。"

乔从家里走出去,泰德欢呼雀跃地跟在他的身后。泰德把两根装好钓鱼线、浮标和钓钩的钓竿扛在自己的肩上,手里拿着一根空心的树枝,里面装着虫子。爱犬迈克亲密地紧跟在他们的身后。当邻居家的一条狗穿过皮特·多姆利的牧场的时候,迈克浑身毛发竖起,希望给对方一点厉害看看;可是,当那条狗继续往前走时,它又露出一副蔫头耷脑的失望的样子。

只要能开仗,迈克不在乎它交手的对象,也无所谓时间和地点。乔用一种新的眼光看着儿子的狗。在此之前,迈克在农场从来不是不可或缺的,但它也许将成为踏上俄勒冈小道的一员。

泰德带路,他们来到一片狭长而寂静的池塘,塘岸上都是梧桐和柳树。乔拿着钓竿,安好鱼饵,甩钩,看浮子漂在和缓的水流里。他盯着浅滩处一群游泳的小鱼,接着又看了看浮子。池塘浅水边缘里的小鱼一副悠然自得的样子,由此可知,在此之前的一段时间,它们没有被什么东西追逐过。乔猜想,今天不会有大鱼咬钩。如果有大鱼在觅食的话,小鱼会紧张不安,而且会警惕得多。乔问起儿子一个他早就想问的问题:"你是怎么知道我今天下午要去钓鱼的?"

"如果我们要去俄勒冈的话,那你肯定不会下地干活啦。"

"这是你想到的唯一的原因吗?"

"不是。我只是认为今天是适合钓鱼的好日子。"

"是妈妈或姐姐叫你去准备虫子和钓具的吗?"

泰德愤怒地说:"哎呀,爸爸,你也知道她们是不会叫我带你去钓鱼的!"

乔知道儿子没说真话,爱玛肯定告诉过他去挖虫子并准备好钓具。有那么一阵子,乔觉得有点不高兴,但很快,他心平气和起来。要是有人整天满嘴都是绝对真理的话,乔认为那种人会很难相处。泰德的话是一种没有恶意的欺骗。泰德这孩子身上最糟糕的是带着一种野性的味道,然而他已逐渐成熟起来。乔沉思着,也许俄勒冈小道会让他把这种习气改掉一部分。

乔在溪流岸边放松身心,他让自己完全沉浸在新的冒险里,使自己达到心灵上的和谐。他去年在林地里砍倒的既有核桃树又有橡树,并对木材干燥处理过。约翰·杰拉蒂将在自己的锯木厂里把这些木材加工成合适的尺寸,他的酬劳是其中的一部分木材。也许,带上备用的骡车前后轴连接杆和车轴是个好主意。这些东西一直都悬在车下方,不会额外增加太多的负荷。既然他们无法把全部的家当拿上,那么他们必须卖掉或是拿来与人交换的东西就有很多。厨房里的炉灶可以换一样东西。当乔想到爱玛站在炉边用指尖轻轻触碰它的时候,乔强行按捺住心头的不悦。接下来,他继续盘算着。他计划要带的是比炉子重要得多的大量的东西。他们将不得不把炉子卖掉。在他生活的那片乡村,炉子并不多见,很多农场里的主妇们是在壁炉上做饭的。莱斯特·坦尼的存货中有骡车篷布,应该拿那只炉子换一顶新的篷布或者其他的东西。

正在这时,泰德喊道:"爸爸! 鱼线动了!"

乔从遐想中回过神来,他开始看他的浮子。浮子沉了下去,钓鱼线慢慢进入溪水中。乔猛地提起钓竿,一条两磅重的鲈鱼从水面跃出。钓鱼线牵拉着"吧嗒吧嗒"扭摆着身体的鱼,并把它摔在旁边的草地上。一直在草丛里睡觉的迈克此时醒过来,它低沉地叫着,跑过来查看猎物。乔把迈克推到一边,泰德赞叹起来:"哇! 好漂亮的一条鱼!"

"嗯,还不错,"乔附和道,"迈克,让开!"

乔把鲈鱼串在泰德削好的一根柳枝上,放回到水里保鲜,并用一块岩石压住柳枝的一端。接着,乔全神贯注地钓鱼。在乔想着俄勒冈的那会儿,鲈鱼肯定已经开始捕食了,因为小鱼现在变得活跃起来。乔观察水面，发现一群小鱼朝这边猛游过来，就在那段时间里，一个黑乎乎的东西窜到鱼群中。

两分钟后，乔钓到另一条鲈鱼。在太阳开始西沉之前，乔和泰德一共钓到了十四条。泰德的刀一直都是那么锋利，乔问他借刀，跪在他们的战利品的旁边。

"我给你展示一个诀窍。"乔十分肯定地说。

乔刮去鱼鳞，去除头与鳍，并沿鱼背向下划出长长的一刀。乔只用了片刻工夫，就把鱼肉熟练地剔下来，只剩下鱼骨头。泰德在旁边跪着，欣赏着他的每一个动作。

乔耐心地说："你能让开点吗？我肯定不想把你和这些鱼一起剁了。"

泰德咧嘴笑了，朝后挪了几英寸。乔继续分割着。当他处理好之后，那些鱼统统去了骨头与所有的内脏，没有任何的浪费。乔咂了几下嘴巴。

"煮鱼时如果连着骨头一起煮，就会让鱼失掉某种本该有的味道，"他说，"你就等着品尝我这样处理过后的鱼的美味吧。"

"妈妈今晚会做鱼的，对吧？"

"也许吧。我们等着瞧。"

皮特·多姆利的白马系在门外，皮特从乔的家里走出，迎了过来。乔把切成片的鱼放在一块木板上，递给泰德。

"把这些拿给你妈好吧？要是晚饭我们打算吃鱼的话，她马上就得用。"

皮特·多姆利朝那堆鱼肉扫了一眼，饿鬼般地闻了闻："看上去真不赖啊。我很久很久都没能抽出时间给自己逮些鱼吃了。"

"要不,你就别走了,跟我们一起吃点吧!"乔发出邀请,"我们逮了很多。"

皮特咧嘴笑了:"那我来得正是时候。关于那头奶牛,我很抱歉。它踩到土拨鼠掘出的一个坑里面,折断了一条前腿。我想不出什么别的办法挽救它。"

"我明白。谢谢你关心这件事,皮特。"

"爱玛说把牛肉卖给莱斯特。"

"是的,我认为她的做法是对的。我们家没有人会吃的。"

"莱斯特给了我二十三美元七十美分,是现金。我把钱都交给了爱玛。"

"给你添了麻烦,你应该给自己留一点。"

"没有什么麻烦。爱玛说你们要去俄勒冈?"

"是的,皮特。我们打算去。"

皮特很严肃地说:"我不知道具体情况。不过,去西部淘金对谁来说都是一件好事。是的,我相信会是那样的!"

"你为什么不和我们一起去呢?"

"我要是年轻十五岁可能也会去的。不过我快五十了,一生担惊受怕的事情经历得太多。我想我变得越来越胆小了。"

"俄勒冈没有让你担惊受怕的东西。"

"我知道。不过当一个男人到了我这个年纪的时候,他样样都得考虑。我坚守我所熟悉的地方,到了其他任何地方,我都会水土不服。我想我在俄勒冈混不下去。你能把待割的牧草卖给我吗?"

"我送给你就是了。"

"你别那么穷大方。你们要去俄勒冈了,你们需要钱。此外,冬天我家牲口多,对我来说,储备些干饲料草本来就是要花一笔钱的。我给你二十五美元,你看行吗?"

"够多的了。"

"好的。等牧草可以收割时我就动工。我敢说,乔,你看起来又像个孩子了。"

"我觉得自己完全就像是个孩子,皮特。真该死,这并不是因为我不喜欢密苏里。在这个地方,我只是有那么一种感觉——我觉得自己在把脑袋朝一堵砖墙上撞。现在我们打算去俄勒冈。"

皮特聪明地点了点头:"在碰到老路走不通的时候,如果所有的人都辟出一条新路的话,那世界就一片光明了。只是大多数人缺乏勇气,不敢做出从我们熟悉的道路上脱身的选择,尤其是在年纪大一些的时候。你让我好羡慕啊!"

"你别讲得头头是道啦,皮特。来吧,我们进屋去,等一下一起吃点东西。"

皮特·多姆利吃完饭,骑着马走了。一种巨大的不安啮咬着乔,他感到了他平常惯有的必须干点什么的急不可待的冲动。不过呢,现在它变成了一种快乐的期待,而不是让人沮丧的紧张。乔看了一眼西沉的太阳,他料定在日落之前,至少还有一个小时的日光。不一会儿,泰德来到了他的身边。

"喂,爸爸,我们干点什么吧。你看呢?"

"好啊。我们从林地那边搬些橡木、胡桃木过来。"

乔感到吃惊。一般情况下,只有在面临被惩罚的威胁的时候，泰德才可能会被逼着干点活儿。即便如此，除非是他喜欢干的活儿，或者你时刻盯着他，否则，他是不会专注于分配给他的任何一项任务的。泰德竟然会心甘情愿地帮忙，这本身就是一场小小的革命，这证明他染上了一种狂热病。乔开始把儿子身上的那种新鲜劲头看作是"俄勒冈狂热病"。

父子两人抓住那两头骡子并给它们套上挽具。乔扛上一根翻动原木的翘杠，并让泰德把两头骡子赶到那片林地。乔用翘杠把六根干燥后的橡木、胡桃木滚到一根长长的链条上，再用链条捆扎好这些原木，并把两头骡子套了上去。在一片暮色之中，骡子们把原木拖回家去，乔和儿子肩并肩地走着。他们给骡子们卸下挽具，让它们在牧场上嬉戏。

堆在地上的那堆原木可随时被运到约翰·杰拉蒂的锯木厂。乔最后朝那些木头瞥了一眼。当这些原木被锯成木板后，乔自己会用一部分。作为木材加工费，约翰·杰拉蒂会拿走一部分。剩下的会被卖掉，或拿去换取在去俄勒冈路上他们所需的东西。这是启程前准备工作的第一小步。

乔心中有一种浪涌般的快乐的躁动，但是他没有要去坦尼店的渴望。不知什么原因，他的家庭仿佛已经变成了与众不同的一个小群体，乔家不但与其他任何人没有瓜葛，而且不再是任何人的一部分。当其他所有人家都安于待在原地的时候，他们却要远赴俄勒冈，这个差异让他们彼此疏离。乔想和家里人待在一起，因为在他们之间新建立起了一种令人愉快的亲密关系。

乔注视着芭芭拉和爱玛，她们在折叠妻子的婚纱裙。那是一条包裹在干净的窗帘里的又长又白、镶着褶边的裙子。显然，这条裙子会被母女俩收到厨房地板上的那只打开的行李箱里，成为行李的一部分。乔站起来伸去一只援手。裙子可以折叠得更紧凑一点，那样就少占空间。

"喂，你坐着就好，"爱玛吩咐道，"这可不是一头骡子或是一把斧头。"

"我只是想帮帮忙而已。"

"这个忙你帮不了。"爱玛看了他一眼，那是一种既带着温柔又带着调侃的眼神。

泰德坐在餐桌旁边用一块磨刀石熟练地把钝刀磨出锋利的刀刃。卡莱尔还很年幼，正是蹒跚学步的时候，他跌跌撞撞地从地板上走过去，抓住了乔的膝盖。卡莱尔停了下来，眼睛紧盯着一个什么东西，他被深深地吸引住了。乔低头看去，他发现自己的裤子上粘了一片鱼鳞，在灯光下，那片鳞片反射着彩虹般的幽光。乔把卡莱尔抱到大腿上，卡莱尔弯下身去，以便继续观察鱼鳞。

"都过来，"乔对其他的孩子打招呼，"我有个故事要讲给你们听。"

阿尔弗雷德捏着小拳头走过来，站在乔的面前。这个小家伙眨着眼睛，笑得合不拢嘴。

"给你一件礼物。"说完，阿尔弗雷德便把攥紧的拳头伸了出去。

乔伸手去拿，可当阿尔弗雷德松开拳头的时候，他的手心里什么也没有。小家伙快乐地叫起来。乔专心致志地看着他的手，假装把那份礼物放进自己的口袋里。

"谢谢，"乔认真地说，"这是我得到的最好的礼物！"

阿尔弗雷德不解地看着他。娇美的小爱玛和严肃的小乔一起来到乔那里，乔把他们都拢到自己的大腿上。

"我今天去钓鱼了，"乔说，"一开始呢，我看到一个留着长长的白胡须的老人，他刚好站在小河的河床上……"

乔即兴发挥，继续往下编故事。他说到那个老人的白胡须下面如何藏着一张大嘴，鱼儿纷纷游到了他的嘴巴里。也许是因为生气了，那个老人有时对着乔，有时对着泰德，吐出一条鱼。小爱玛怀疑地看着他，泰德报以心领神会的微笑。所有的孩子都兴致勃勃地听着故事。故事的最后，最大的那条鱼游了过来。老人立刻把嘴张开到半个鱼身子那么大。可当老人想把那条大鱼吐出来的时候，他怎么也办不到。老人把鱼的半截身子吐出来，却再也无法把鱼收回到嘴里去。乔最后看到那个老人的时候，他正从小溪的底部往岸边走，那条大鱼一半含在嘴里头，一半露出在嘴外面。

卡莱尔在他怀里睡着了，小爱玛心满意足地靠在他的肩膀上。一条鱼卡在一个老人的嘴里了，小乔思考着这个问题，皱起了眉头。阿尔弗雷德打了个哈欠。爱玛走过来轻轻抱起小爱玛，把她放到了床上。芭芭拉一个接一个地把其他孩子接走。

乔提心吊胆地坐在椅子上，他因为神经绷得太紧而难以入睡，他不知道该干点什么。即将到来的黑夜似乎是一段没有尽头的时间，而黎明永远不会来到。乔想起了他必须做的一百件事情，他渴望做好这些事情，以便迎接去俄勒冈的那一天。

"你最好上床睡觉。"爱玛对他说。

"我睡不着。"

"在我们去俄勒冈之前，你总不能一直不睡觉吧。"爱玛来到乔的身边，若有所思地伸出手来抚摸着他的头发：乔一半是个孩子，一半是个男人。说他是个孩子，是因为他恨不得马上就要出发；说他是个男人，是因为他想把样样事情都安排妥帖，好让幼小的孩子们万无一失。只是，他能让一切变得安全吗？在旷野里能有安全可言吗？

爱玛的手静止在那里不动，接着又坚定地安抚着他。"明天的事还等着你呢。"她说。

乔咧嘴笑了："你说得对。我会上床睡觉的。"

伴着破晓后最初的曙色，乔醒了过来，他躺在床上盯着隐藏在窗帘后面的熹微的晨光。这是一次快乐的苏醒，这一天有比乔能想象到的更多的真实而美好的展望。当乔躺在爱玛的身边时，他觉得自己获得了重生。爱玛在他身边翻身，乔偷偷把手伸过去和爱玛的手紧扣在一起。夫妻俩贴着身子躺了一会儿，他们一边在头脑中体验着他们最大的冒险，一边期待着即将到来的各种大事件。

早餐后，乔和泰德又从林地里拖了一些晒干的橡木和核桃木原木。乔把车厢从骡车上卸下来，然后赶着骡子，把拆除箱体后的骡车拉到原木旁边。把这些原木装到骡车上，是一项需要两个人一起配合才能完成的工作，不过一个人也能勉强办到。

乔将两根短原木斜着搭靠在骡车上，接着从较重的那堆原木中挑出一根来，用翘杠滚到那两根短原木那里。他把重原木的一端沿斜搭着的短原木中的一根向上滚了一小段距离，然后用一块木头撑着。乔走到重原木的另一端，把这一头也朝上滚动并固定好。如此交替滚动重原木的两端，各端每次向上滚动一点点，最终乔把那根重原木装到了骡车上。泰德不耐烦地在旁边站着。

"我来帮你，爸爸。"

乔摇了摇头："这不是你干的活。"

"噢，我会用翘杠。"

"不行。要是这堆重原木中的一根滚到你身上的话，你会被它刮得遍体鳞伤。"

"让我来帮你嘛！"

乔耐心地说："你看着就好，看看这活儿是怎么干的。也许下次你可以帮忙。"

泰德生着闷气，他蹲下来看着爸爸干活。乔装好车后，用链条把原木捆绑结实，然后爬到上面去。他驾起骡车经过坦尼店前的十字路口，并朝约翰·杰拉蒂的锯木厂走去。锯木厂里有大量的可自由取用的原木，但是晒干的橡木和核桃木却很缺乏。约翰随便就能把橡木和核桃木卖个好价钱，因此，加工费他宁愿用这些木料结算，而不是用现金。乔驾着骡车赶到了锯木厂，约翰·杰拉蒂出来迎接他。

"听说你要去俄勒冈？"他打起招呼。

"你的消息没有错，约翰。谁告诉你的？"

"现在大家都知道这件事。自从凯西·麦克马纳斯被私刑处死之后，在坦尼店里就再也没有这类新闻可以拿来嚼舌头了。"

"希望这次的传闻是真的。"乔咧嘴笑了，"我运了一些晒干的橡木和核桃木过来了。你愿意帮我加工一下吗？"

"你需要什么？"

"我要加工成骡车车厢上的板材，一根新的前后轴连接杆，外加两根车轴。另外再添一根牵引梁也行。"

"你是付现金吗？"

"木材我们对半分。"

约翰疑惑地说："关于两根车轴的部分，你是不是要买金属件与它们配合使用？"

"是的。"

"那我们就这么说好了。我们锯开原木，对半分成两份。如果你不需要自己的那一部分的话，我会帮你卖掉的。比尔·洛根正在盖一间新的牲口棚，他想买到好的木料。"

"太好了！"

乔驾着空骡车回到家，当那两头骡子看到牧场的时候，它们朝前竖起了长耳朵。有两匹供骑乘用的马被绑在了栅栏上，乔认出其中一匹是珀西·珀尔的良种马，另一匹是又矮又结实的杂色马，它的主人叫沃森·查特斯。沃森·查特斯喜欢吵架，是极其傲慢自大的一个人。除他本人之外，没有人愿意接受他的工作，因为这份工作会得罪别人——沃森·查特斯是当地的治安巡警，为伊莱亚斯·多兰斯做了大量的工作。沃森·查特斯走上前去与乔打了个照面，紧随其后的是珀西·珀尔。乔从骡车上跳了下来。

沃森·查特斯从口袋里拿出一份用铅笔写的文件，显然那是他自己起草的，他开始读起来："现根据密苏里州法律第一项第十三条，本人特此限制并告诫您，不可以把任何牧草、庄稼，或扎根于泥土里的其他生长物转移走，或者指使其他任何人转移这些财富。我……"

"等一下，"珀西·珀尔态度温和地打断了他，"我没听明白。您再读一遍，沃森。"

巡警看起来不高兴了，不过他还是念道："现根据密苏里州法律第一项第十三条……"

"哎呀，这难道不是一种鬼才吗？"珀西钦佩地说，"这份通令全都是他自己写的。这让我想起了我自己创作的一些文学作品，当时我还在卡罗德尔念书，是一个六年级的学生。只有沃森才算得上是一个纯粹的天才。'牧草、庄稼，或扎根于泥土里的其他生长物'——别人也许会有'扎根于天空里的'的疑虑，但他的措辞顷刻之间就把这种想法彻底打消了。除了沃森，谁还能想得出这种事情来呢？"

沃森·查特斯说："您必须保持安静，珀西。"

"不，我没必要保持安静。美国宪法《权力法案》第一条就规定了言论自由。那也是一份自成一体的有意思的公文。当然啦，《权力法案》和您起草的那玩意没有可比性。"

"我到这里来，"沃森·查特斯说，"是要……"

"是的，乔，"珀西虔诚地说，"我们在这里一起见证，公平正义绝不可匍匐在泥地里。公平正义！希望它永远是至高无上的！沃森来这里是要告诉你，还没收割的饲料草不能卖给皮特·多姆利，你也不能再从林地采伐木材。你要问为什么是吗？

我们的朋友伊莱亚斯希望自己出面来卖。"

"那不是他的东西!"乔怒吼道,"简直是混账东西!那些树是我亲自砍的,我的饲料草伊莱亚斯没有任何索要的权利!"

"您如果卖饲料草或是砍伐更多的木材,"沃森·查特斯说,"我会让您坐牢的。"

珀西·珀尔的手神出鬼没,他不知从哪里掏出一把枪。枪响了。沃森·查特斯的帽子像是被风从头上吹了起来似的,转着圈儿掉落在地上,帽檐上破了一个洞。珀西·珀尔仍旧是一副不慌不忙的样子。

"这手真是一个笨啊,"珀西·珀尔低声说道,"但我还是不明白您的意思,沃森。要是乔卖掉更多的木材或饲料草,您打算怎么办?"

"好啦,您看,珀西,我只是……"沃森支支吾吾地说。

珀西安慰他说:"我知道,不管伊莱亚斯榨取乔什么东西,也许您总能分到其中的三分之一。除此之外,您是一个大公无私、尽职尽责的人,您没有想过要得到个人补偿。可是刚才您说了,您要对乔怎么样?"

沃森嘴边的肌肉抽动着,他沉默了一会儿。"我不会对他怎么样,"他粗声粗气地说,"这事儿伊莱亚斯可以亲自处理。"

沃森跨上他的矮而结实的马走了。珀西·珀尔看着乔,脸上掠过一个欣喜的微笑。

第六章　派对

距离乔的牲口棚七十五英尺远的地方，生长着一棵巨大的梧桐树。这棵树有着粗壮的树干，里面却是空心的。这是一棵非常古老的树，比绝大多数的梧桐树都要高。因为独自生长，既没有被什么遮挡住阳光，也不受其他树木的干扰，所以它长出很多的枝丫，而且根都还活着。枝繁叶茂的梧桐树洒下一地醉人的阴凉。

　　乔在树下摆好锻铁炉和铁砧。芭芭拉站着，做好了拉风箱的准备。那头马骡被拴在树的近旁。在出发去俄勒冈之前，最后一项必要的工作是给这两头骡子钉上新的蹄铁。不过当乔准备去做这项工作时，他沉思了起来。

　　在决定去俄勒冈之后，有那么一阵子，家里面年龄大一些的几个人的亢奋和激情感染了年龄小一些的几个人。卡莱尔一直想知道他们什么时候出发，要多久才能到达目的地，这个疑问一天至少会冒出来十五次之多。乔、爱玛和阿尔弗雷德已经把这趟旅行当成一件理所当然的事。泰德是唯一一个在精神上始终没有受到丝毫挫伤的人。

一家人西迁俄勒冈依然像是一次光荣的冒险。不过,在此之前,除泰德之外的所有人都发现:决定随车携带的物品的去留,就是在与旧有的生活做个了断,并开启新的生活。他们感到这比曾料想的要痛苦得多。家里的房子如果需要拓展空间,随时都可以再多添上一间,可是骡车车厢的空间却只有这么大。

在此之前,乔已经拆除了锄头、耙子和翘杠上的木柄。耙犁的部分,他只带走上面的金属件;他甚至拆去了心爱的犁头上的木扶手。在西去的小道上,他几乎不太可能用到那么多的工具,等他们到俄勒冈的时候,那些缺失的木制件部分他可以再补回去。即便如此,乔的工具箱里也是满满的。他们必须带上一把斧头,否则路上怎么劈柴呢?他随时都有可能用到螺丝刀、锥子、凿子、螺旋钻、扳手和锯子。这些工具已经被收拣得非常紧凑,无法再缩小它们所占的空间。不用说,步枪必须是拿起来就能开枪的状态。乔按他们路上必不可少以及在俄勒冈开启新生活时将会用到的原则严格精简行装。凡是能省去不带的东西,他要么卖掉,要么跟别人以物易物。当与抛下的锤子、凿子、扳手等工具告别时,乔心里难受了好一阵子。那些工具他使用了好些年,连它们的手柄都被磨出了他的手的轮廓。接着,乔更加敏锐地意识到了爱玛和芭芭拉所做出的忍痛割爱的牺牲。

考虑到芭芭拉日后的需要,爱玛收拾好婚纱以及其他几样算不上实用的东西。她为自己带上的只有最结实的套裙。她只把每个孩子的必需品收拾起来。作为最难以割舍的一点东西，在内心深处做过一番挣扎之后，她把每个孩子穿过的第一双婴儿鞋打包收了起来。

芭芭拉帮妈妈收拾东西，她从爱玛比较漂亮的裙子当中悄悄拿出两件塞进了行李箱里，但又被爱玛拿了出来。芭芭拉收起一只破旧的布娃娃，这是小爱玛最珍爱的小宝贝。此外还有小乔的玩具——一只绳球；阿尔弗雷德爱玩的一组木块，尽管画在木块表面上的各种动物都褪色了；卡莱尔喜爱的一幅色彩鲜艳的画作。芭芭拉曾奉劝爱玛带上这些东西，她提醒爱玛说，尽管孩子们有玩具，但他们会玩腻的，到那时，就可以把这些东西拿出来，这样会激发出孩子们全新的兴趣。

这都不过是些小问题，然而在这之前，还有过几次严重得多的伤心事。这当中，乔只知道有一件伤心事是围绕着那只炉子展开的。爱玛同样感到骄傲的还有一个做工精良的五斗橱。这个五斗橱可能是那些迁徙中的摩门教徒们派出的一个销售团队带到密苏里州来的。团队里的人离开了摩门教拓荒者穿行的步道，来到密苏里州以求混口饭吃。因为身无分文，他们用马车里的商品与当地人交换一些咸肉和谷物。不知六年前还是八年前，乔拿一头小猪换来了那个五斗橱。

爱玛没有说过要扔掉那个五斗橱，乔懂得她的心思，他知道扔掉它对爱玛来说代价有多大。有一次，乔突然来了灵感，他指出五斗橱可以放在骡车里，并将是一个堆放衣服的方便的地方，因为他们天天都要拿衣服。爱玛曾报以一个感激的微笑，可惜现在乔不那样想了。

有一次乔在修理骡车的间隙进屋喝水。他碰巧路过厨房的窗户，没有被爱玛发现。乔观察着她：爱玛坐在厨房的餐桌旁边，桌上摆放的全是她那些可爱而精致的瓷器。爱玛用手抚摸着这些精致美丽的东西。乔注视着这一幕，他的心里七上八下的。接着，正如悄悄地走过来，乔又悄悄地溜走了。一小时后，当他回到家时，那些瓷器全都被放回到碗橱里去了。

日子一天天过去，那些瓷器一直放在那里。乔什么话也没说，因为他想不出什么可说的。爱玛在默默地反抗，希望能守住这些瓷器，但她知道自己留不住。最终，爱玛用一种漫不经心的口气问起乔，问他是否愿意把这些瓷器送给海伦·多姆利。

为了给那两头骡子钉蹄铁，乔坚持不懈地继续做着准备。他没有把那些瓷器送给海伦·多姆利。乔把瓷器带到约翰·杰拉蒂的锯木厂，两人一起钉了一只木盒，把每件瓷器轻手轻脚地埋在锯末里，然后封上盒盖，并悄悄塞进了骡车。事到如今，乔闷闷不乐起来，因为不知怎么的，他的这种做法看上去好像既背叛了爱玛，也欺骗了海伦·多姆利。

芭芭拉问："出什么差错了吗，爸爸？"

"没有，"乔回避道，"开始拉风箱好吗，亲爱的？"

芭芭拉犹豫了一会儿，乔等着她。过去的那些日子让女儿的内心发生了变化，这使得她的心思越发难以理解了。有时候，她看上去似乎成熟了很多，仿佛已经是一个女人，而在另一些时候，她又是一个战栗发抖的孩子。不过除了对即将到来的旅行表现出狂热的兴趣，芭芭拉从来没有表达过其他什么意见。她沉稳地拉起风箱，不急也不缓。锻铁炉里炽热的木炭散发出的气息是那么的美好。

乔用一副铁钳夹住正在灼热的木炭中加工的骡子的蹄铁,直到它变成火一般的颜色。乔一直用铁钳子夹着蹄铁,右手拿着一把打铁的重锤,他在铁砧上把蹄铁打成需要的形状。

有些人不关心该如何给自己的骡子们钉蹄铁。他们只是简单地把蹄铁钉上去,让蹄子在生长的过程中适应蹄铁。乔从不喜欢这种草率马虎的做法。他费尽苦心地考虑着蹄铁的重量、回火工艺,以及与骡蹄一致性的问题。正确钉蹄铁的方法可以让负重的牲口不那么容易跛腿,当力畜感到脚底舒适时,它们会更加卖力地工作。乔不相信任何一个要代他为那两头骡子钉蹄铁的人。

乔用挑剔的眼光看着那只蹄铁,然后重新回炉加热,并把它加工成略大一号的弧形。骡子的四蹄近乎一样,但并不是百分之百相同,所以每只蹄铁必须进行相应的设计。乔终于满意了,他把那只蹄铁扔进一桶温水里,接着朝那头马骡走了过去。

那头母骡在把蹄铁套上骡蹄的时候通常会发疯。它是那么的害怕,以至乔不得不先把它拖到锻铁炉的旁边,再将它的四蹄绑上绳子,以免伤人。那头马骡则不同,它有着爱虚荣的特点,需要采取特殊的方法。它在套上新蹄铁时会是一副得意扬扬的样子;当四蹄都被钉上新蹄铁之后,它几个小时不停地四处走动,观察是否合脚。通常情况下,要在一整天过去之后,那头马骡才不再注意自己新钉的蹄铁。

当乔走近时,马骡主动抬起一只后蹄并一直举着。它动作优雅,用剩下的三条腿支撑着身体的全部重量,马骡从来没有危及过乔的人身安全。乔试了试那只蹄铁,发现非常合适,便把它钉上骡蹄。骡子扭过头,用称赞的眼神看着自己的蹄子。乔站起身来擦了擦额头上的汗。

除给骡子钉蹄铁之外,其他的一切工作都准备好了。骡车有了一个新车厢。所有看上去哪怕只是稍微有些不结实的或是被磨损的零件都被更换一新。乔一家人非常清楚他们要随车携带的是什么。他们还打算带上爱玛最好的六只母鸡,外加一只公鸡。每一样东西都有安放的位置。双层厚的新篷布罩着骡车。乔此前甚至都准备好了帆布幕帘,有了它,如果需要在骡车内宿营,一家人就各有了自己的隔间。乔带了九十八美元的现金,他有一种不安的感觉,这点钱还远远不够,而他不知道如何才能多挣一点钱。

就等皮特·多姆利到场了——他随时都可能赶到这里来——然后他们就可以拿绳子绑好母骡,并给它钉蹄铁。你看,他们已经可以出发了,而且越早越好。在此之前,乔不知有多少次梦见过俄勒冈小道,要是不尽快踏上那条小道的话,他觉得自己将像一头骡子一样开始尖叫起来。乔对大女儿微笑着说:"我想明天早上我们会启程的,鲍比。"

"噢,爸爸!今天晚上我可以和玛西亚待在一起吗?"

芭芭拉温柔明亮的眼睛因一种纯粹的喜悦而绽放着光彩。乔表示赞成,他注意到她说话声中的火一样的激情。芭芭拉感受着所有让她感动的事物。乔觉得芭芭拉的气质与锻铁炉中的熊熊的火光没有什么不同。

"如果你是和你妈妈一道去的话，我没有什么意见。"

"你幸福吗，爸爸？"

"我当然幸福！我——你这问的是什么话！"

皮特·多姆利的白马出现在从坦尼店前的十字路口延伸过来的那条小路上，不过马背上不只是皮特一个人。在他的前面，泰德紧紧抓着皮特那双有力的手。皮特还扛着一支步枪，平时除非是他打算去打猎，否则很少这样。他在乔的身边勒马停了下来。

"我想这是你惹出来的事！"乔对泰德说。

"我惹了什么事？"

皮特坚定地说："泰德，你对你爸说吧。"

泰德的脸阴沉而愤怒，每一块雀斑都是青灰色的，他傲慢地盯着他的父亲。乔眯起了眼睛问他儿子："又是我的那支步枪吧？"

"是的。"泰德严肃地说，"一个人如果要去西部的话，最好懂得如何与印第安人枪战。可是我没有击中他。"

"你说的倒是没错，"皮特同意他的说法，"但你不能在被那发子弹打中的墙壁与他的脑袋之间再插上一片刀片。"

乔气得肺都要炸了："他向谁开枪了？"

"他拖着你的步枪去了坦尼店前的十字路口，"皮特一口咬定，"别人还没来得及阻止，他就朝油头鬼开了一枪。"

"我没有对他开枪，"泰德否认道，"如果我对他开枪，我会击中他的。"

乔严肃地说："鲍比，你帮你妈做事去。在我们给母骡钉蹄

铁期间,皮特会帮我拉风箱的。"

芭芭拉转身离去,没有回头看一眼。乔面对着他的儿子说:"你给我下马。"

泰德听话地下了马,但他扬起下巴,两只眼睛闪着光。乔曲起右臂:"把马裤给我脱了。"

泰德的裤子滑落到了脚踝上。乔用左胳膊控制住泰德,让孩子的光屁股朝着天。在掂量了力度之后,乔抡起右巴掌揍了下去。骡子开始用好奇的目光注视着这奇怪的一幕,而皮特的马受了惊,又蹿又跳。泰德本来粉红色的屁股现在被揍得通红,不过他没有哭出声来。揍完之后,乔轻轻地把孩子放在地上站着。

"除非你是出于自卫,否则你再朝另一个人开枪,红、白、黄、黑,不管他是什么人种,我都会再打你的屁股的,下次会比这疼三倍。"

泰德满眼是泪,不过他还是扬着下巴,耸着肩膀,昂首挺胸地走开了。乔惊讶地挠了挠蓬乱的头发。

"哎呀,我又犯贱了!你管得了那个小东西吗?"

"管不住啊,"皮特坦言道,"我拿他没办法。"

"换作你,你会怎么教育孩子呢?"

"跟你一样,打一顿完事啊,乔。不过,我想说的是,那是像长了眼睛一样的一发子弹。油头鬼靠着弗劳利·汤普森的栅栏站着,呼啸的子弹擦着他飞过,让他的头发都打起了卷儿。我敢肯定,那个印第安人的酒都被吓醒了。"

"他喝醉了吗?"

"他常常喝醉。"

"这跟有没有喝醉没关系，"乔说，"我家的那小子应该知道尊重别人，包括尊重印第安人。他必须意识到步枪是个危险的东西。"

皮特平淡地说："我想他开始注意到了。可以把你的母骡牵过来钉蹄铁了吗？"

"差不多可以了。"

乔和皮特用绳了绑好那头母骡，把它拖到锻铁炉边，接着放倒在地，并钉上蹄铁。当他们让母骡站起来时，母骡恶狠狠地发起了攻击，不过乔早就预料到有这一手，他避让开了。他们把两头骡子牵回草场，乔不安地朝家里看去。爱玛从没有打过任何一个孩子，可是乔第一次打了泰德的屁股。如果家里有什么动静的话，现在他就要面对了。

乔说："我有事稍微离开一下，皮特。"

"好的。"

乔提心吊胆地朝家里走去。毫无疑问，明天他们将踏上去俄勒冈的旅程，在这之前，乔和爱玛就已经拌过几回嘴了。出行之前发生争吵将会是不祥之兆，这令他感到不安。当乔在门边朝屋里面窥望时，他感到害怕，因为爱玛怒气冲冲地朝他迎了过来。

"你对泰德干了什么？"

乔打起精神，接着有点生气："我在他屁股上随意打了几下！"

"乔·托尔，要是你没有惩罚他的话，我就会打你的屁股了！亏这孩子想得出来！朝那个可怜的喝醉了的印第安人开枪！"

乔惊讶地问："原来你不是在生我的气！"

"如果你没有尽到做父亲的责任的话,我会生气的！"

乔把手在爱玛的肩膀上放了一会儿,并对她苦笑了一下:"是泰德告我的状了吗？"

"家门口一直都没有泰德的人影。是芭芭拉告诉我的。"她瘫倒在乔的怀里,"哦,乔,你看会不会……"

乔很了解妻子,他知道爱玛在想什么。所有的小孩在八岁时都没有什么恶意,不过到了十八岁时,一些孩子可能就变坏了。乔把妻子揽在怀里。

他说:"我们会教育他的。他只不过是不得不通过磨炼去学习一些东西而已。"

"哦,乔！我很高兴我们就要出发了！对泰德来说,俄勒冈将是一个好地方！"

听到妻子这么说,乔的一颗心愉快地跳动着:"俄勒冈会给他一个去掉坏毛病的机会的。如果泰德待在这里的话,我不能肯定他会得到磨炼的机会。泰德迟早会产生拥有自己的土地的想法,而伊莱亚斯也会借钱给他买农场。但当伊莱亚斯上门讨债的时候,两人肯定会闹得不可开交。那块地也就不可能还是泰德的了。"

夫妻俩感受到了一种满怀柔情的亲昵,心贴着心让两口子仿佛变成了一个人。乔清了清嗓子。此前,他欺骗了她,现在他必须道明真相。

乔说："你的那些餐具我没有给海伦。"

"可是，"她的眼神里充满了迷惑，"我让你送给她的呀。"

"我知道。我为那些餐具做了一个箱子，装到骡车上去了。"

一道痛苦的阴影从她的脸上掠过："碎了可就惨了。"

"不会碎的，"乔让她相信自己，"卡斯珀一家之所以会说瓷器会碎，是因为他们不知道如何打包。我们不是把鸡蛋也带上了吗？我们所携带的每一样东西都会随车一起，完整地抵达俄勒冈的。"

那道痛苦的阴影消失了，爱玛向乔投去最纯净的爱的一瞥。不过爱玛心里仍有疑虑，她有点不好意思起来："我们要带的东西太多了，空间却是那么有限。"

"车上有放那只小箱子的地方。你不是想把你的那些碗碟留下来吗？"

"可不是嘛！"

"这下子，那些瓷器会跟着我们一起去俄勒冈的。我最好去拿那支步枪，我把它放在外面了。"

乔走到外面去拿枪，他的枪还斜靠在梧桐树的树干上。乔拿着枪回到屋里。他和爱玛卧室里的木楔子上再也不是一个挂枪的安全的地方了。那些木楔子本不该钉在明显的位置上，否则泰德绝不可能把枪偷偷从家里拿出去。乔咬着牙关，以后的日子里，泰德将不得不使用步枪——在任何一个边远的地区，在任何一个人需要装备的武器中，步枪都是不可或缺的东西——但是，泰德必须正确地使用它。如果他做不到，如果再发生不负责任的枪击事件,他就会再次挨他爸爸的巴掌。

乔把步枪暂且挂回到木楔子上。他对着妻子露出了微笑。

"两头骡子的蹄铁钉好了,现在万事俱备,只等出发去俄勒冈了。"

爱玛紧扣着双手,这是她忧虑时的一种姿势:"这看似是不可能的一件事,对吧?"

"是的。看上去好像还有一百件要做的事情呢。今天晚上,我们千万要记得,趁着鸡在笼子里的时候,把你的那些母鸡和那只公鸡捉走。噢,天哪!"

"怎么了?"

"我让皮特一直在外面站着!"

乔走到门口招呼皮特,正当他喊人时,燕西·伽罗骑着他那匹瘦弱的棕色马过来了。他身前的马鞍上横放着一个包裹,肩上挎着小提琴的琴盒。燕西·伽罗笑嘻嘻地下了马。

"露西觉得你们也许愿意把这个带上。这是一只火腿和一片咸肉。"

"你家现在就杀猪了吗?"

"我们一直是……"乔知道燕西讲的是彻头彻尾的假话,"夏天的时候杀猪。"乔忍着没有说话。除约翰·西利有可能是个例外,谁能享受得起那样的奢侈呢?没有人在夏天的时候屠宰牲口。然而他知道,伽罗一家人希望他们就要离别的朋友们好好享用火腿和咸肉。

乔说:"燕西,你真是个好人啊。"

"没啥。"燕西轻描淡写地说。他带着那包肉进屋里去了。

爱玛向他打招呼："你好,燕西。"

"你好,爱玛。我对天发誓,你真是一天比一天妩媚动人了!我永远搞不懂的是,你怎么会爱上像乔那样粗蠢的老男人呢!"燕西把小提琴挪到另一个肩膀上。皮特站在大门的入口处,好像在等着他的表演。

"燕西,快点露一手,"爱玛恳求道,"给我们来几曲吧!"

"好嘞。你们想听什么?"

"随便什么都行。"

燕西把小提琴从琴盒里拿出来,下巴夹住琴箱,架起琴弓后拉了几下。燕西开始生动地再现《扬基小调》。芭芭拉从她的房间里走出来,红光满面,一副乐滋滋的样子。

"我很久没有和像你这样漂亮的姑娘跳过舞了!"皮特·多姆利说,"来吧,鲍比。"

燕西加快了音乐的节奏,皮特伴着芭芭拉在房间里回旋起舞。乔笑眯眯地把爱玛揽在怀里。门口出现了一道黑影,费勒斯·康普顿走了过来。

"像我这样傻乎乎的猪头真是服了你们啦!"费勒斯·康普顿感叹道,"你们这帮家伙的脑子比密苏里的任何人都要灵光啊!"

费勒斯·康普顿手里拿着一个包好了的包裹,他把礼物放在桌上:"卡罗琳做的草莓果酱吃不完,她想给你们一些。哎呀,你们就要走了。你接着演奏啊,燕西。我马上回来。"

当乔和芭芭拉,皮特·多姆利和爱玛结伴起舞的时候,燕西演奏了《哦,苏珊娜》,随后又演奏了福斯特①其他的一些曲子。燕西把小提琴暂时放到一边,低头喝了一口水。芭芭拉和爱玛的眼睛闪闪发光,因为眼前的气氛如此热烈。大多数的舞会就是这样开始的。燕西把葫芦瓢放在水桶的旁边。这时,和老汤姆·阿本德一起赶来的还有他的妻子、三个年幼的孩子、两个已经结婚的女儿及女婿,还有外孙辈们。

"费勒斯说,我们应该到这里来看看热闹。"老汤姆·阿本德向他们打招呼。

"你们来得太对了!"乔说。

汤姆接着说:"上周我的一个男孩打了一只兔子,我们做成了肉干。家里吃不完,所以拿了一些过来给你路上带着。"

"谢谢你,汤姆。"

乔看见汤姆和蔼可亲的妻子与女儿们在跟爱玛聊天。除了与远行的骡车一起带走的兔肉干,他们还带来了四张馅饼、几磅黄油、一些新鲜的鹿肉和两盏提灯。燕西切换成《班·伯特》凄婉的旋律,乔发现自己的舞伴是汤姆·阿本德的一个女儿,她的丈夫此时正在与爱玛翩跹起舞。

乔的邻居们纷纷来了。他们有的骑马,有的骑骡,有的乘马车,也有的乘手推车,还有人是徒步而来。那些毗邻而居的老乡最先来到乔的家里。所有人都带来了礼物,大家众口一词,都说只因为家里多得用不完,所以就带些过来——乔·托尔一家人如果愿意从他们手中接过这些东西的话,就是真的在帮他们的忙。除了礼物,邻居们带来了平时为土风舞会准备

---

①斯蒂芬·柯林斯·福斯特(1826—1864),美国作曲家,他在短暂的一生里创作了两百余首歌曲。

的各种东西。屋子里挤不下，乡亲们就拥到院子里。有人在房子和牲口棚之间拉起了一条绳，把点亮的提灯挂在上面。今天晚上，没有人会想到要节省灯油。今天晚上大家图的就是一个尽兴。

燕西一直演奏到筋疲力尽，于是莱斯特·坦尼接他的班，继续拉着小提琴。莱斯特虽不是像燕西那样的专业小提琴手，但是他熟悉大量的乐谱以及这些乐谱的变奏曲。当什么也想不起来的时候，他就即兴演奏自己的音乐。乔看见芭芭拉在与玛西亚·格拉格提跳舞，但很快，汤姆·阿本德的两个大儿子就笑嘻嘻地把女孩子们分开，一直和她们跳个不停。泰德和八岁的西莉亚·特里维廉跳着，度过了一段美好的时光。甚至连在场的小娃娃们都在蹦着跳着。

屋内的桌子上摆满了沉甸甸的食物，桌上还放着一只巨大的咖啡壶。如果谁饿了的话，随时都可以根据自己的需要吃个饱。不过没有人一直逗留在屋内。老汤姆·阿本德拍了拍乔的肩膀："我的女婿们把一头熊赶到牲口棚后面的树上去了。他们希望你去一趟，帮忙把熊从树上摇下来。"

"好像挺有趣的嘛。"

"会很有意思的。"

乔跟在老汤姆的后面走。他们从悬挂的提灯照在地面上的光亮里走出，并踏入牲口棚投下的暗影里。汤姆两个身强体壮的女婿站在一只装满威士忌的大桶旁边。桶被他们架在木块的上面，他们拔出桶的塞子让酒流出来。越来越多的人从舞场里退出，聚在酒桶周围。大家叮叮当当地斟满酒杯，四处传递。这时,老汤姆用清晰的声音发话了:"让我们为托尔一家干杯! 为俄勒冈干杯! "

"好!"人们异口同声地说,"为托尔一家老小干杯! 为俄勒冈干杯! "

乔转身走到暗影里,他把酒杯举到唇边,试着以神不知鬼不觉的方式把酒洒在草地上。不过他觉得自己好像把整杯酒都灌了下去,他的脚轻飘飘的,脑子比以往任何时候都显得更加清醒。他纵声大笑起来。乔又回到舞会上,当他的舞伴去跳方块舞时,他恰好挑上爱玛做他的舞伴。兰斯·特里维廉在就怎么跳方块舞而喊话:"男的全部站左边,大家绕着兜圈子,两手轮换交替,像一匹旋转木马。"

当方块舞有节奏地跳起来的时候,所有年龄小一些的孩子要么被抱到床上睡觉,要么被抱到已经横七竖八地睡着小朋友的随便哪一辆马车里。乔继续跳着舞,每隔一段时间,牲口棚后面碰杯的叮当声就会响起来,桶里的酒越来越浅。

当太阳升起来的时候,乔感到很吃惊,因为在他看来,舞会仿佛才刚刚开始。

第七章　独立城

乔·托尔一家人在老家度过了极其忙乱的最后一小时。乔和所有男人一一握手。当所有女人纷纷亲吻他的脸颊，并祝他一切顺利的时候，乔尴尬地站着。妇女们围在爱玛身边，她们拥抱着，大家泪流满面。

乔哽咽着说不出话，他比以往任何时候都更清楚地意识到一家人即将肩负起的艰巨使命，以及因此而牵涉到的方方面面的事情。聚在周围的这些人都是一生的朋友，大家同住在一个屋檐下，结下了深厚的友谊，彼此之间还有友爱与尊重。突然之间，乔有一个强烈的冲动，他想邀请大家跟他一起走。他努力不去看正哭着的爱玛。当他看到泰德把刀别在他的腰带上，神气活现地在几个比他小的孩子前面走动的时候，他感到了一阵轻松。接下来，他看见海伦·多姆利把卡莱尔抱在怀里，于是乔转过身去，不让其他人看到自己眼中的泪水。

乔无论如何都无法确切地描述他们是如何开始踏上去俄勒冈的旅程的。他看到的只是全景图而不是具体的细节。不过他倒是知道那几个床垫——那最后一批被抬进骡车里的东西,是由一大群热心人抬过来,并丝毫不差地放到该放的位置上的。同样是那一帮人,他们用正确的方法制服了那两头骡子,把它们套上骡车,并把那头温顺的奶牛系在骡车的后面。乔的四个年幼的孩子还在瞌睡中,他们很快就在床垫上睡着了。

泰德早就表明了决心,他要一路走着去俄勒冈,所以他拒绝乘车,爱犬迈克紧跟在他的身后。芭芭拉和玛西亚·格拉格提手拉着手走着,爱玛乘坐的是约翰·杰拉蒂的马车。除了乔一家人,没有其他人要去俄勒冈,不过至少在最初的一段旅途当中, 他们还有很多随行的旅伴。不是每个人都能为他们送别,因为有一些人不得不回去干活。不过,大多数的乡亲们还是来送别他们了。

那两头骡子在被逮住时都被震住了, 它们被很多高明的赶骡者套上骡车,完全是一副服服帖帖的样子。当乔命令骡子拉车时,它们在挽具下心甘情愿地奋力前进。那些在乔的骡车前面、后面以及两侧的或是骑行或是徒步的乡邻们就要各自离开了。他们一个个转过头,开始朝其他方向行进。最后一个掉头的是玛西亚·格拉格提。乔对很多人在准备告别时无法保持豁达乐观的态度, 他决不会忘记女儿芭芭拉和她最要好的朋友离别时的一幕。

她们在骡车的前面走着,仍然手牵着手,不过肩膀没有靠在一起。两个人都没有看着对方。突然,乔觉得她们之间没有再说话了,她们走到大路的外面拥抱在一起。乔让骡车停了下来,以便让芭芭拉爬上来。因为他不想让女儿知道他看到了她眼中的泪水,于是他朝前方望着。爱玛从约翰·杰拉蒂的马车那边走了过来,爬上乔身边的座位。乔一家人最后从密苏里的朋友们那里听到的是玛西亚·格拉格提的呼喊:"一路顺风,上帝保佑你们!"

除了固执的泰德,乔一家人都上了骡车。很显然泰德是想兑现他夸下的海口,他要一路走着去俄勒冈。四个年幼的孩子的作息规律完全被打乱了,他们睡眼惺忪,显得无精打采。其他的几个人偶尔才说几句话,因为乔、爱玛和芭芭拉昨晚一直熬到舞会结束都没有睡觉。除此之外,每个人用各自的方式第一次充分意识到一家人千真万确踏上了西去的路。他们回想起抛在身后的一切,憧憬着接下来要发生的事情。让人浮想联翩的东西似乎没完没了。然而,期待中也许会出现的一切在他们的脑海里都只是一个模糊的影像。随着骡车一路慢跑,爱玛意识到:在一片茫然中想了解那个模糊不定的未来,本身就是一件很累人的事情,甚至比土风舞会更让人疲倦。

在第一天晚上,有很多露营的准备工作要做,可是乔一家人个个都累得动不了。不过,乔还是劈了些柴火,生起一堆篝火。他用铁链锁住那两头骡子,这样它们就无法脱身跑回去。他还在一处能找到草吃的地方用绳子把那头奶牛拴好。乔还给爱玛的鸡喂了食。再没有不得不做的事情了,乔为此感到很高兴。爱玛给每个人分了些昨晚盛宴上吃剩的东西,不过没有人对吃有太多的兴趣。与此同时,没有一个人对昨晚整场活动的任何一个环节感到遗憾。一场振奋人心的土风舞会是告别朋友们的正确方式。

四个年幼的孩子对着他们的食物打起了瞌睡。接下来,他们仰面看到的是爱玛和芭芭拉熟悉的面容,还有爱玛和芭芭拉搂抱着他们的熟悉的胳膊。他们舒适地躺到骡车里各自的位置上,好像这是一个并不陌生的地方。乔给爱玛和芭芭拉分别做了一张简陋的小床,然后他和泰德在毛毯里蜷缩着身子,躺在几英尺开外的地方。

泰德很快就入睡了。他睡得那么沉,还轻轻地打起了呼噜。泰德只在十分疲倦的情况下才打呼噜。乔躺在他的身边,当时断时续的呼噜声从泰德的毛毯那边传来的时候,乔的脸上露出了微笑。这个小家伙将在此后的每一分钟,最大限度地体验这趟旅行的滋味。有那么一刻,乔认为泰德在尚属青春年少之时就经历这次巨大的冒险是一件好事。但很快,那种美好的感觉转瞬即逝,取而代之的是一些混乱的思绪。这些杂念彼此胡乱地推搡,企图吸引他的注意力。它们包括:可能发生的一些意外事故以及制订的各种计划——这些计划每天都会根据当下所处的险境和需要而做出改变。因为脚下的土地发生了改变,所以他们各自也需要做出调整,以便妥善应对可能发生的诸多情况,让自己适应环境对他们提出的每一个要求。从此以后,年龄大一点的不得不照顾年龄小一点的。他想到了爱玛、芭芭拉还有泰德。一想起他们的勇气和忠诚,他心里便热乎乎的。可接下来,一想到也许有突如其来的危险时,他就感到不寒而栗。就这样,伴随着脑海里混乱翻腾的思绪,乔渐渐沉入不安的梦境中。

芭芭拉仰望着柔和而深邃的夜空。她觉得与身边的一家人露宿在旷野是一件看似离奇却很美妙的事情。她心想,今天晚上,我们是上帝的儿女。在这里我们更靠近上帝,我们和他之间没有任何的阻隔。夜间的空气是多么的清新!身旁的小草与灌木在柔和的夏风里招摇并发出轻柔的沙沙声,这是何等的神秘与美妙!耳边传来一只田鼠刨挖洞穴的声音,还有一只蟋蟀的鸣唱——一切都生机盎然,给人前程似锦的希望。

芭芭拉美美地伸了个懒腰,她幻想着高山与大河,幻想着西部广袤的平原。在那里,他们会遇到魁梧健壮的庄稼汉和农场主,也许他们中一些人家的儿子,长得又高大又英俊,有着粗壮的胳膊和爱笑的眼睛。芭芭拉独自笑了,接着她蜷缩起身子,在对俄勒冈的青草是不是也芳香醉人的寻思中沉入了梦乡。

爱玛一边躺着一边凝视着黑夜。无垠的夜空令人敬畏,那里既没有一棵熟悉的树,也没有一片映衬着它的屋顶。夜空无边无际,遥远而冷漠。她一家子成了散落的人类的碎片并坠落到这里,头上顶着高远寂寥的夜空,安歇在这片没有人气的地面上。当一只蟋蟀喓喓欢唱的时候,爱玛悸动了一下,并瑟瑟发抖,她把毯子往身上拉了拉。爱玛想去乔那里躺在他身边,但又不敢让他看出自己的胆怯。从此刻开始,看在孩子的分上,她一定要做一个他们眼中足智多谋的女人,一个始终从容不迫的女人。她凝视的眼睛痛起来。她渴望看到他们家小房间里熟悉的墙壁,如果没有墙壁,至少能有一排熟悉的栅栏、一棵熟悉的树,或是任何一样熟悉的东西。接着,她想到了孩子们,想起了他们安睡时让人疼爱的熟悉的脸蛋。她想起当芭芭拉行走在骡车旁边时她那熟悉的优雅姿容;她想起泰德领着小狗快乐追逐时蹦跳奔跑的熟悉身影;她想起乔,想起他和孩子们说话时熟悉的声音,想起他扶自己下骡车时胳膊的力量,以及他对家里所有人心甘情愿的慷慨奉献。于是她意识到自己生命中所有最亲爱的最熟悉的那一部分都在这里,都还围绕着自己。

爱玛的眼睛里涌出了泪水,她听任泪珠从两边的脸颊上滚落。她祈祷自己能做到足够的坚强和勇敢,祈祷一家人平平安安地抵达俄勒冈,祈祷在新的土地上,全家人个个幸福安宁。

到了第二天早上,时间的流逝已经开始让他们心里的伤口愈合。爱玛决定把小爱玛和小乔带在身边去散散步。阿尔弗雷德和卡莱尔骑在乔旁边的座位上,他们因为被提升到如此重要的位置上而得意扬扬。

芭芭拉沿着小路欢跳着,她采了满满一把夏季盛开的鲜花。泰德离开小道去探寻两边更加激动人心的乡野,爱犬迈克形影不离地紧跟在他的身后。他在一个小时或者更长的时间里会不见人影,不过他总是又会出现——有时等在骡车的前面,有时从后面赶上来。

经过三天又几个小时的颠簸之后,他们终于来到了独立城。

乔更加用力地抓着缰绳,他感到越来越紧张,但他努力不让家人看出来。乔出生在离坦尼店前的十字路口不过五英里远的一个地方,在此之前,他从来没有去过距离出生地四十英里之外的地方。他熟悉坦尼店前的十字路口、汉默斯小村,以及其他一些居民点,在那些地方他感觉和在家里一样。他从来没有到过城市。也许,一个人如果能觉察出导致自己做出所有决定的全部暗示,那么他在某些事情上所做的决定将会有所不同。他打算去俄勒冈是因为一件事,而终于启程完全是另一件事情导致的。此刻,乔显然被吓坏了,因为他必须穿越一座城市。

乔紧咬牙关,在心里愤愤不平地埋怨着自己。他不会在独立城和任何人发生争吵,谁都没有和他争吵的理由,一般来说,任何一个想好好过日子的人都会与其他人和睦相处的。不过呢,乔没有见过如此气势宏伟的建筑,也未曾想过人们像这样蜂屯蚁聚,比邻而居。稍许的兴奋让他忘记了紧张不安。

乔对爱玛说:"真没想到这个地方是这样的,你说呢?"

爱玛的声音里带着惊恐:"乔,你看到那些女人身上都穿着什么了没有?"

"没有。"

"我从没有听说过有这种事!我为我们并不住在这里感到高兴!"

"不用担心,"乔温柔地说,"我们不打算在这里居住。那些穿紧身裤的男人如果是在灌木林里干完一天的活儿,他们的裤子也就穿不了多久了,你说是吧?你不觉得这个地方滑稽可笑吗?"

"是挺滑稽的。不过也挺令人兴奋的,不是吗?"

"地方倒是真大。到处都是房子。"

"哦,是的。不过,乔,不知道为什么,我觉得这里拥挤不堪。"

"这里是俄勒冈吗？"阿尔弗雷德想知道。

一辆由六头牛拉的运货车沿他们前行的大街迎面驶来。车上沉甸甸的货物高高堆起。骑在牛车的侧鞍上的两位妇女从乔的骡车旁绕过。接着过来的是一辆二轮马车,乔从未见过像这样的车。驾车的应该是城里的一位公子哥儿。两匹可谓是绝配的枣色马高抬着脚步拉着那辆车行进着，一白一黑两条狗尾随在马车后面。那两条狗品种奇特,虽然看起来有点像猎犬,但又不是猎犬。乔非常希望珀西·珀尔或莱斯特·坦尼来到他的身边,给他解释一下眼前的这些奇观。

乔倒吸一口凉气:"哦,我的天哪！"

说时迟,那时快,马车后面的那两条狗突然掉头冲过来,从两侧夹击迈克。迈克对着第一条狗猛咬过去,只听到一声刺耳的狂叫;当它扑向第二条狗之后,又是一声痛苦的尖叫。那两条狗朝自己的马车飞奔而去。赶马车的人一百八十度掉头,来到乔的骡车旁边。

"那是你的狗吗？"他愤怒地质问。

"喏,是这么回事。你的狗先……"

"那是你的狗吗？"对方又问了一遍。

乔的火气一下子上来了:"是的！你想怎么样？"

"我给你一马鞭。"

那个人从马车的一个凹穴里拿出一条可笑的小鞭子,他晃着鞭子发出威胁。乔拿起一条长长的打牛的鞭子,他偶然会用它来打骡子。

"如果你想试试的话……"

这条牛鞭噼啪作响,鞭梢距离对方的耳朵不到一英寸,两头骡子紧张不安地蹦起来。乔熟练地把骡子们拢住。他直视着那个坐在马车里打扮得像个花花公子的年轻人,说道:"我说小兄弟,咱们素不相识,你聪明点的话就别来招惹我,是你的狗先发起攻击的。"

"你们这些乡巴佬,野蛮人!"

"你这么说话就太过分了!"

那个愤愤不平的年轻人没说一句话,驾起马车就上路了。乔让两头骡子起步,最初他还生了一会儿气,接着他笑开了。

"想给我一马鞭?哼!用那条小鞭子连一枚软壳蛋都敲不碎!"

泰德来到骡车旁边,笑嘻嘻地朝车厢里看,脑子里充满了不切实际的幻想:"哎呀,爸爸,你说得太好了!你为什么不撩拨那个家伙和你打一架呢?你不费什么力气就可以把他打败啊!"

"不管走到哪里,能不打架尽量不打架。对了,说到这儿,我想起一件事。等我们到了独立城后,你要用绳子把狗拴好,以绝后患。"

"不要啊,爸爸……"

"你听我的。"乔朝小家伙扔去一截绳子,"用这个吧。"

乔赶着骡车往前走。除了爱犬迈克,所有人都惊叹于像独立城这样一座熙来攘往的大都市的繁华喧闹的景象。迈克受狗绳的约束闷闷不乐,现在它格外遭受了冒犯,因为街上有很多的狗。在这里任何一条街上来往的牛群、马群、骡群的数量，比从坦尼店前的十字路口三个月内经过的数量都要多。

乔不喜欢这个地方，因为他更喜欢开阔的乡野和村庄。当他走出这座城市的时候，他会变得和以前一样快乐。不过有意思的是，既然非得穿城而过，那么他们就不妨四处走走看看。这里某个地方有一个渡口，他们将从那里渡过密苏里河西去，独立城将是他们看到的最后一座大城市。除俄勒冈小道不经过的盐湖城之外，在独立城与俄勒冈之间就只剩居民点、传教团总部、驻军营地和生活物资贸易商行了。

乔一家人从一幢幢房屋和一排棚户前经过，再往前走，他们来到一些关着牲口的圈栏跟前。独立城里做牲口交易的商贩生意十分兴隆，因为很多要踏上俄勒冈小道的人是靠乘船、骑马、搭乘驿车，或徒步来到独立城的。然后，他们购买旅行运输车，以便在小道上装载他们的物品。他们还要购买拉车的牲口。在某些情况下，他们还购买装载在车内的物资。那些人当中的一些来自东部，因为不知道如何照料牲口，所以当他们抵达独立城时，它们经常不是脚痛就是患病。因此，那些人不得不更换他们的牲口。

然而，大多数骡车是在春天开始踏上俄勒冈小道的。当绿油油的草地足以养肥吃草的牲口的时候，第一批人即刻启程离去。自然而然，当想购买牲口的移民人数达到峰值时，就出现了最大的成交量。现在一些圈栏里空空如也。尽管如此，这里的牛、马、骡子的数量还是比乔以前见过的都要多。

一个男人手里握着绳子的一端，冲到路上来。乔急忙让两头骡子停下来。绳子的另一端是一头体形硕大、毛色斑驳发灰、狂躁好斗的骡子。正当那个人跌跌撞撞地扑倒在地的时候,乔把缰绳递给爱玛,并从骡车上跳了下来。

乔来到那头大灰骡和倒地的男人之间,他逮住了牵绳;在此期间,大灰骡用蹄子猛踢着那个坠地的男人。很快,大灰骡把它的愤怒转移到了乔身上,乔闪躲在一旁。乔一边收起绳索,一边靠近那头骡子。乔看到大灰骡受惊不浅,不亚于它的愤怒,于是他用言语安抚着它。与此同时,乔自己的火气却上来了。有些人绝不应该从事驯骡的工作,很显然,现在从路边爬起来的那个男人就是其中之一。

乔放慢动作,他让骡子一点点平静下来,他稳妥行事。

乔用双手拽着骡辔头上的拉绳,嘴里继续说些抚慰的话,同时腾出手来安抚骡子。当那个此前虐待动物的男人轻蔑地说了句"这活儿我不干了",并从那条路上扬长而去的时候,乔也没有因此而朝周围看一眼。他的离去似乎进一步安抚了那头灰骡。

"您好,朋友。"

乔转身面对一个膀阔腰圆、与自己一样高的男人。他长着稀疏的头发、一双机灵的眼睛、扁而胖的鼻子,松垂的嘴唇后面是一口闪亮的金牙。这个男人嘴里紧叼着一根被磨得毛了边的没有点着的雪茄。

乔说:"您好。"

"您是驯骡的吧?"

"我只是不想看到那个傻瓜死在骡蹄下。"

"您不该自找麻烦,他迟早会死在骡子手上的。他告诉过我他能驯服骡子。"

"他肯定用棒子虐待过骡子。"

"他就是那样做的。您是去俄勒冈吗?"

"嗯。"

"夏天结束之前您是赶不到那里的。"

"我知道。"

"刚才那个人放弃的工作您愿意接手吗?我会支付给您丰厚的薪水的。我叫杰克·费沃斯。"

乔说:"我叫乔·托尔,我正在去俄勒冈的路上。"

"我有一些要驯的骡子。我跟您说吧,如果您能给我驯服六头一组的骡子,我按一头十美元的工钱给您结算。"

乔笑了:"我得去俄勒冈。"

"您看这活要多少钱才行?"

"一头五十美元。"

杰克·费沃斯假装吓得举起双手:"天哪!我一头骡子都卖不到五十美元!"

"那您肯定不是一个理想的推销员。"

"告诉您吧!尽管这样做我会赔钱,但我愿意按二十五美元一头付酬,您给我训好六头一组一起拉车的骡子。"

乔犹豫了。

当然,多挣一百五十美元将会是一笔意外之财,这将保证不管发生什么他们都有足够的钱来应对。然而,要把六头骡子驯好可是要花时间的。但如果乔可以挑选他想训练的骡子的话,那将省去一些时间。他看着那头大灰骡所待的那个圈栏。

"那是您的牲口吗?"

"那只是一部分。"

"我可以挑选我想训练的骡子吗?"

"您随便挑。"

乔不确定地说:"我可以驯出六头一组拉车的骡子,但之后还得要有人好好磨合一下。"

杰克·费沃斯仔细地看着他:"您是什么意思?"

"我会训练六头骡子配合着套上挽具,并教它们一起拉车,右转弯,左转弯,停步,后退。但它们在成为一组非常好使唤的骡子之前需要更多的练习。"

"您为什么做不到让骡子们好使唤呢?"

乔直盯着他的眼睛:"我没那么多的时间。"

"我是在您开工之前就付工钱呢,还是等完工之后?"杰克·费沃斯的问话里带着一丝挖苦的口吻。

乔严肃地说:"完工之后。不过我也希望有一处干净的地方,我们好宿营,好喂养牲口。"

杰克·费沃斯说:"那我们就一言为定了。您把骡车赶到圈栏后面去,在那里搭棚住家。那些苹果树下面有一汪好泉水。那里离这些圈栏足够远,您不会闻到太多的臭味。"

乔赶着两头骡子离开大路,踏上和那些圈栏相邻的落满灰尘的干燥的地面。再往前走一点,在旅行运输车压过的路面上有干净的牧草。

爱玛紧张地回头去看这座城市。虽然独立城有它的吸引力，但是她需要照顾孩子们——在这样一个地方谁知道会隐藏着什么样的会造成伤害的东西呢！

爱玛问道："乔，你看驯好这些骡子需要多久？"

"我尽量三周内把它们驯好，不过也可能会花上更长的时间。"

"那不就大大占用了我们赶路的时间了吗？"

"我想是的。我估计我们一天可以赶三十英里的路，这样的话，在秋季暴风雨天气到来之前，我们早就赶到拉勒米了，但我们肯定是需要钱的。"

爱玛不安地走来走去，她低声说："是的，我们需要钱。"

当乔赶着两头骡子走进苹果小树林的时候，爱玛没那么紧张了，因为这里是城外的一处僻静之地。由于这些树当中有八棵一直没有被人注意过，所以它们的枝条上牢牢地缀着一些有疤的小苹果，几个熟透了的苹果掉在了地上。这个地方很干净，那一汪冰凉的泉水从苹果树林的中间涌出，慢慢流淌着，变成了一条两岸长满芦苇的小溪。

乔从车座上跳下来，并转身扶爱玛下车。芭芭拉从车后面优雅地纵身一跳，然后转身把四个年幼的孩子抱下来。草地上躺着一只泛着幽光的红苹果，那是此前从一棵树上掉落下来的，卡莱尔带着浓厚的兴趣看着它。小爱玛把她的裙子弄平整，乔冷静地四面环顾了一下。阿尔弗雷德对爸爸妈妈投去失望的一瞥。

"这里是俄勒冈吗？"他想知道。

爱玛说："离俄勒冈还远着呢，阿利。"

阿尔弗雷德朝小溪边跑去，他敏捷地弯下腰，把一只绿皮青蛙抓到手里。阿尔弗雷德手捧着青蛙站在那里，剩下的孩子都围在他身边惊奇地看着他的宝贝。

泰德不耐烦地说："爸爸，我们把帐篷搭起来吧。"

乔开始喜欢起这个满脸雀斑的儿子来。一小时前这个小家伙还是疯疯癫癫的样子，一小时后又变得那么老实可靠。一路上泰德再没有调皮捣蛋过，乔的脸上因此露出了一丝满意的表情。也许是长途跋涉让他的野性得到了部分的收敛。乔看了看宿营地周围的情况。

一家人既然要在这里过上一段时间，而不只是歇上一宿，那么比起过夜用的帐篷来，他们该有一个更舒适的住处。地上四处都有石头，可以用来搭建一只不错的火炉。

乔说："泰德，你去捡些石头来搭一只炉子怎么样？"

"好啊！"

小家伙心甘情愿地开始干起活来。芭芭拉把奶牛系牢之后，过来帮泰德搭炉子。

乔从骡车上解开两头骡子的套索，并把它们拴在木桩上。当乔看到从一棵被砍倒的苹果树上砍下来的两块木头时，他的眼睛亮了起来。他指着那两块木头对爱玛说："如果我向杰克·费沃斯借些木板，把它们铺在这些木头上面会怎样？那样我们就有一张凑合可用的餐桌了。这里到处都是木头，也许我们还能做几条长凳。"

一想到一张真正的餐桌，爱玛的心便为之一动，不过她很快克制住了这种想法："乔，你别老想着在这上面花时间。我们根本用不着为一张餐桌操心。"

乔斜着眼睛看着爱玛,他郑重其事地眨了眨眼睛,惹得她哭笑不得。比起用嘴巴说话,他的眼神更清楚地告诉爱玛,他知道对她来说,家里一点小小的温馨意味着什么。为了爱玛居住得舒适一些,他甘愿在上面浪费一个小时。

芭芭拉和泰德已经收集了一大堆石头,乔开始搭建一只火炉。爱玛跪在他的身边。

"让我来吧。"

"你不累吗?"

"这三天我除了坐车什么也没干。"爱玛自嘲地说,"搭帐篷的活儿你可以留给我们干。"

"好吧,你如果有把握的话,就去搭吧。"

爱玛眨了眨眼睛:"我们肯定能搭好。"

乔转身离开,并朝杰克·费沃斯昏暗的办公室走去。这个买卖牲口的生意人站起身来迎接他。

"我能不能问你借些木板?我要做一张餐桌和几条长凳。"乔问。

"没问题。"杰克·费沃斯爽快地答应了,"如果椅子能当长凳用的话,我这里有一些椅子。"

"椅子也行。"

"别把时间浪费在这些东西上面。我希望你能驯好骡子。"杰克·费沃斯大声喊道,"山姆!"

山姆是乔见过的个头最大、行动最迟缓的有色人种,他拖着步子走进了办公室。当他微笑时,一口白牙在那张大嘴里闪闪发亮。他对乔友好地翻着眼珠。

"山姆,"杰克·费沃斯吩咐道,"你给这位先生的家人打一张餐桌,另外再送些椅子过去。如果他们还想要点别的什么东西,你就拿过去。好吗?"

山姆停顿好久之后说了声"行啊"。有那么一阵子,乔感到不是滋味。他本想亲自为爱玛制作那张餐桌的。接着他意识到,时间对任何人来说都很宝贵,他最好还是让山姆来完成这项工作。

山姆不紧不慢地朝一堆木头走去,杰克·费沃斯朝乔转过身去:"您希望有人来帮您吧?"

"嗯。"

"您瞧,有人为您代劳了。"

"我要看看圈栏里的那些骡子。"

乔大步朝圈栏走去。旅行运输车与成组的力畜的价值取决于经销商从交易中获利的多少,而获利之多寡又取决于日后买家对他们所购之物的熟悉程度。一头训练有素的骡子身价在一百美元甚至更多。一些移民因为优劣不辨,不管是哪头骡子他们都付了一百美元。在把钱扔出去之后,种种麻烦也就给他们套上了枷锁。不过很显然,杰克·费沃斯知道有人想要六头好使唤的骡子。没有一个人想买未经训练的牲口,买家对骡子必须有一些了解才行。

在整整三个小时当中,除了仔细观察一处处圈栏里的骡子,乔什么也没做。骡子的脾气性格五花八门。有的听令后反应迅速,有的却冥顽不灵。如果乔能挑出六头性格温顺的骡子,驯骡工作就不会花太长时间。不过也有其他方面的考虑:这些骡子既然是要被编成六头一组拉车,买家肯定是想让它们来拉荷载沉重的货车。可是骡子只有在长到五岁之后才适应重负荷的工作。此外,乔觉得自己的薪酬不菲,他自觉地承担起拿出一手绝活的责任。比起不能默契配合的一组骡子来,能默契配合的一组也许更容易被卖掉。

乔极其严格地挑选着他想训练的骡子。

爱玛从她正在搭建火炉的地方偷偷抬头望去,她想看看乔去哪儿了。当发现乔仍然待在能看见宿营地的地方时,她感到一阵心安。尽管理智告诉她在独立城没有什么好怕的,但是她还是害怕。她一辈子生活在人烟稀少的乡村,从来没有见过比坦尼店前的十字路口还大的市镇。在这里,她觉得被围困在一个小圈子里。不过,大多数情况下,她还是很兴奋。在芭芭拉和泰德搬来更多的石头的这段时间里,爱玛仔细思量着脑子里酝酿的一个计划。芭芭拉跪在妈妈的身边。

"我来帮你。"

"好的,宝贝。"

母女俩一言不发地忙着手头上的活儿。她们把大小不均的石头彼此配搭,以便垒出一只结实的火炉。接着,爱玛说出了她的计划。

"芭芭拉,在我们离开这里之前,我打算跟你去这里的一些大商店里购物。"

"哦,妈妈! 真的吗?"

"真的。"

芭芭拉感叹道:"那简直太棒了!"

爱玛继续忙碌着,她暗暗松了口气,与此同时,她又感到很困惑。爱玛原以为自己非常了解女儿,但很显然并不是。爱玛非常想去独立城买东西,但她不敢一个人去。她以为芭芭拉和她一样也有点害怕,她想两人一同出门彼此就有了依靠。但是,这个姑娘的说话声里只充满着快乐与渴望的情绪。芭芭拉有着爱玛从来没有过的自信,这是一件好事。

"夫人,我是来帮您的。"

爱玛有点吃惊地转过身来,当看到那个高大的黑人时,她笑了。她有一种本能的洞察力,这种能力让她能慧眼识人,她知道那个高大的黑人并没有什么恶意。爱玛看着那些木板的分量,那可是任何一个普通人扛在肩膀上都会觉得十分困难的,可山姆毫不费力地把它们夹在胳膊下。

这个黑人说:"夫人,请让我为您打一张餐桌吧。"

"嗯,我看看啊。"爱玛又笑了,"餐桌不能太靠近火堆,你在那边的第一棵树下干活可好?"

"好的,夫人。"

那个黑人迈着蜗牛般的步子,把他腋下夹的木板搬到第一棵树的树荫下,开始打餐桌。泰德搬来了更多的石头。

爱玛对他说:"石头够了,泰德。"

"我可以帮你吗,妈妈?"

"现在这里好像没事可干。"

"那我可以去爸爸那里吗?也许他需要帮忙。"

"可以,但你要小心。"

"我会的。"泰德跑开了,迈克在他的身后跳跃着。

爱玛朝四个年幼的孩子瞥了一眼,他们还在忙着照看那只被逮住的青蛙。孩子们不知道从哪里找来了一只废弃的罐子,里面放了些湿草,并把他们的宠物养在里面。

小爱玛说:"我们现在必须喂些面包给它吃。"

"青蛙是不吃面包的!"小乔轻蔑地说,"青蛙吃虫子。"

小爱玛说:"啊!"

爱玛和芭芭拉从骡车上拿下几只床垫,铺在随车带来的专门当垫布用的帆布上,排成舒适的床铺。那个黑人又走来站在他们的身边。

"我给你们做好了一张餐桌和几把椅子。"

爱玛有点吃惊地抬起头。在这之前,她曾留意过山姆那副慢吞吞的样子,当时她心里早就想明白了,一个星期之内他们能有一张餐桌都属幸运的,可现在餐桌打好了,几把椅子摆在了餐桌的周围。爱玛露出了欢快的笑容。

"真是太感谢了,这真的是一张不错的餐桌!"

那个黑人也笑了:"我去给你们拿些柴火来。"

爱玛和芭芭拉忙着把炊具和木制碗碟摆到餐桌上,黑人缓步离开了。爱玛把垂在前额的头发甩向一边。她意识到,比起赶路时的局促一隅,即便是待在这样一个奇怪的地方,她也感到满足多了。她觉得有点儿不好意思。西去的路上,他们就像吉卜赛人一样辗转漂泊。即便睡在星空之下,即便在旷野里做饭吃饭,这里至少也是一个临时的家啊。爱玛在脑海里盘算着她要做的饭菜。

突然芭芭拉大喊一声："妈妈！"

爱玛顺着女儿的目光看过去，一时屏住了呼吸。虽然乔每天都打扫鸡笼，但是自从那只公鸡和六只母鸡被放进板条箱里之后，它们就再也没有出来过。现在，不知道什么原因，鸡笼洞口大开，那只公鸡拍打着翅膀，想活动活动筋骨，那六只母鸡则在草地上跑来跑去。

芭芭拉说："我们得快点抓住它们！"

"不用了，"爱玛像平时一样从容应对，"随它们去吧，别吓着它们。今天晚上它们会安歇在某个地方，到那时候会更容易逮住它们。"

爱玛一边揉着面团一边焦虑地看着那群小鸡。小鸡们非常珍贵，爱玛不知道是否还能把它们再抓回到笼子里。不过她不想让孩子们知道她的担心，否则孩子们也会担心起来。芭芭拉从那汪泉水里打了满满一桶水，她开始削土豆皮。爱玛从燕西·伽罗给的火腿上切下一大块，做好了烘烤的准备。山姆抱回一大抱木柴。

"你们需要点火了吗？"他问。

"哦，谢谢您。如果您愿意帮忙，那就把火点上吧。"

黑人在火炉里生了一堆火，爱玛随后把他打发走了。四个年幼的孩子玩累了，在把他们的宝贝青蛙藏在泉水附近的一个什么地方之后，孩子们无精打采地躺在草地上。暮色降临，当看到小鸡们回到鸡笼时，爱玛感到喜出望外。这是一件好事，因为在去俄勒冈的路上，小鸡们肯定不能一直关在笼子里。如果每天夜晚它们能回鸡笼的话，那么白天就可以任其自由活动。

直到暮色渐浓，夜幕落下之后，乔和泰德才回到家中。

"天哪！"乔惊呼道，"你真的把帐篷搭起来了！"

爱玛说："那个黑人帮了我们大忙。现在有人饿了吗？"

"我们都饿得前胸贴后背了。"

"好。"

爱玛把食物摆到餐桌上，她从火腿上切下大块的肉片来。她先给孩子们摆上食物，因为乔希望孩子们先吃。孩子们有牛奶，乔和爱玛有咖啡。爱玛把堆得满满的一盘松软的小面包摆在一盘马铃薯的旁边。乔一言不发地吃着，他注意到爱玛脸上流露出了新的欢乐。他认为妻子现在对整个行程感觉好多了。吃完饭，乔向后靠在椅子上，高兴地叹了口气。

"我已经选好了要训练的六头骡子。"

"你遇到了什么麻烦吗？"

"没有。我必须仔细检查很多头骡子。我挑了六头黑骡，它们就像豆荚里的六粒豌豆，彼此习性相近。我把它们关在一个小圈栏里，在密苏里州再也找不出比这更理想的一组骡子了。"

"妈妈，"泰德开口了，"爸爸说，如果我明天进城，他不会反对的。"

爱玛怀疑地说："我不知道啊……"

"他不会惹是生非的。"乔对妻子做出保证。

"那好吧，要是你爸爸认为你可以去的话，你就去吧。"

"哦！太好了！"

芭芭拉照看着其他的孩子，爱玛把小爱玛放到了床上，随

后清洗起餐盘。芭芭拉想着心事,乔和爱玛在逐渐熄灭的炉火前肩并肩坐了一会儿。两口子把手放在了一起,他们没说一句话,因为语言是多余的。乔想起了俄勒冈,他在憧憬不花钱就能到手的肥沃土地。爱玛在体味着一家人在这样一个地方宿营的美妙感觉,她心里清楚他们明天晚上还会在同一个地方安歇。尚未熄灭的炭火照亮了他们的全身。

第二天早上,太阳升起后不久,乔离开了那些圈栏。

半小时后,泰德用皮带拴好爱犬迈克,打算去独立城开开眼界。爱玛替他担忧,但随后也就放下了那颗心——如果乔说泰德不会有事,那么他就不会出什么问题。爱玛用一只敞口盆烧水,然后把热水倒进一只桶里,接着她在桶里搓洗他们换下来的脏衣服。这是完成洗涤缝补之类家务的一个不错的机会。爱玛琢磨着在此后的路上该如何洗衣服。总得要有一个解决问题的办法才行,不过她会找到的。芭芭拉用刷子清扫好骡车之后,轻轻一跃,跳到了地面上,她解开那块包在头发上的布。

"骡车上积了半英寸厚的尘土。"她做了个鬼脸,"我真的想不明白,在这么短的时间里我们是怎么招来这么多灰尘的。"

"积少成多嘛,"爱玛若有所思地说,"除了把那些尘土扫出来,我不知道还能有什么办法。"

"接下来你要干什么,妈妈?"

"好像没有什么要做的了。"爱玛是一个闲不住的人,她为手头没什么活干而感到不安,"我们带孩子们去散散步吧。"

小乔和阿尔弗雷德在前面奔跑着,他们翻开一块块石头,为那只也许是密苏里州吃得最好的青蛙收集虫子。小爱玛采集雏菊,她把花儿编成一只花环后骄傲地献给了妈妈。卡莱尔看到一群橙黄色的蝴蝶紧贴在一处潮湿的地面上,他被完全迷住了。芭芭拉在妈妈旁边,一边迈着优雅的步子,一边和她聊着身边的事。接着,吃午饭的时间到了。乔过来吃饭,但是找不到泰德的影子。在这之前,泰德获得允许可以去城里逛逛,但前提条件是要回来吃午饭。

"你认为他遇到麻烦了吗?"爱玛担心地问。

乔嘀咕道:"他也许是忘了回家。那个死东西!我真的要骂人了!真是个混账东西!"

这时,草地上走过来一个人高马大的妇女,她用手紧紧抓住泰德的右臂不放,一副得理不饶人的样子。迈克耷拉着两只耳朵,垂着尾巴,不高兴地跟在后面。爱玛倒吸了一口凉气。鲜血染红了泰德的上嘴唇,并滴落到衬衫上。他的鼻子还在流血。那位妇女走近坐在餐桌边的一家人,把泰德朝他们推过去。

"这是你们家的小畜生吗?"她狠狠地说。

乔的怒火一下子就上来了,不过他控制住了自己的情绪:"这是我儿子。"

"你们别让他乱跑,否则我会让这个动手打人的家伙蹲牢房的!"

乔不解地问:"他打谁了?"

"他先打了我家杰里米,接着是我家汤米,再就是我家乔治!他们……鼻子一个个都被打得血淋淋的!"

"他们叫我乡巴佬。"泰德恶狠狠地抱怨道。

那位妇女转身大步离去。泰德天不怕地不怕地站在那里等着,他知道自己会遭到惩罚。这时,乔平静地说话了:"洗个脸吧,泰德,过来一起吃饭。"

"可是,爸爸……"

"当三个欺负一个的时候,"乔解释说,"这就有点不像话了。你也算不上是攻击别人。另外,他们不是还叫你乡巴佬吗?"

爱玛忍着不笑。

日子一天天过去,因为要做的事情少而又少,爱玛开始觉得生活乏味极了。她仍然保留着去独立城购物的心愿,不过她放弃了实现这个心愿的希望,因为乔整天工作,她找不到一个可以信任并能托付孩子的人。芭芭拉理解妈妈的心情,也接受了自己希望的破灭,什么也没说。接下来,令人惊喜的一幕发生了。乔回家吃午饭,饭后他没有像平常那样起身回去工作,而是逗留在餐桌边。

"下午没你的事,爱玛。"乔高兴地说,"我来洗碗。"

"可是……"

"我打算让骡子们今天下午歇一歇。"乔一只手从蓬松的头发里将过,"我一直在想,你和鲍比也许想去独立城里逛一逛。你们去吧。带些钱去,那样方便给自己买点东西。"

爱玛亢奋了一阵,随即这种感受便与强烈的责任感发生了冲突。尽管她想到不应该去的诸多理由,但她还是非常想去逛一逛。

"你就去吧,"乔笑了起来,"这都是计划好的。"

"好吧,如果你确定我可以去的话……"

"我确定,我会照顾好孩子们的。喂,你们快一点,准备出发!"

爱玛用双臂搂着乔的脖子,又快又紧地拥抱了他一下。在得知这件事之后,芭芭拉可谓大吃一惊,她咯咯地笑了,接着学她妈妈的样子也拥抱了一下乔。

爱玛和芭芭拉在骡车里穿衣服,爱玛第一次因为没有把一条漂亮裙子带来而感到非常失望。不过她努力把自己打扮出最佳效果。当乔用欣赏的眼光看着爱玛时,她的心怦怦地跳了起来。爱玛看了看女儿。芭芭拉穿着一件简单的棕色连衣裙,容光焕发。

当母女俩出发的时候,乔喊了一声:"祝你们玩得愉快!"

爱玛完全沉醉在兴奋之中。她紧紧抓着她那只装着五美元的钱包。假如有人要抢夺一名女子的钱包的话,她是不会甘于双手奉上的。接着,她又开始担心起自己的衣着打扮。她感到尴尬,感到与周围格格不入。当一个小伙子死死地盯着她时,她的脸红了。因为她觉得自己背叛了自己朴素的教养。接着,爱玛意识到那个年轻人不过是和所有的小伙子一样,当有可爱的姑娘出现时,总少不了左顾右盼,而且他是在盯着芭芭拉看。

她们在一家商店门前停了下来。商店橱窗里摆满了各种杂货,过了片刻,她们走了进去。爱玛开始觉得轻松自在。那个走上前来的男人让她想起了莱斯特·坦尼。

"我能为您干点什么？"他问。

爱玛嗫嚅道："我们只是先走走看看，暂时还没打算要买什么。"她坚定地看着他的眼睛，那个男店员鞠了一躬后走开了。第一次和陌生人打交道就大获成功，爱玛格外有信心，她高高地抬起了头。

她们从一个被分成几个隔挡的玻璃柜台前经过，每个小隔挡里都堆满了糖果。接着，她们从另一条通道走到了街上。爱玛完全沉湎于欣赏各种新潮的东西。这里的商店有的除了药品什么都不卖，有的则只卖衣服和鞋子。她们逛了一家五金店。当爱玛看到闪闪发光的崭新的工具的时候，她惦念着乔——要是他看到了该会多么高兴啊。她设想芭芭拉穿上那件耀眼的礼服的样子，那可是一件标价十三美元的贵得惊人的衣服。她们还仔细地看了最新款的厨具和餐具。

一天就这样过去了。母女俩仿佛在天堂里度过了一个下午，她们的灵魂已经升华了。她们在这里饱览了各种不可思议的美好的东西。她们对另一种生活方式投去了一瞥，那些东西令人兴奋，但那不属于她们。爱玛知道，在离开独立城之前，她们将不得不拿仅有的钱去囤购些粮食。但是，当她们疲倦地拖着脚步返回骡车时，母女俩再次走进她们去过的第一家商店，在这里爱玛买了这一天里买下的唯一的一样东西。

"我要点这个。"爱玛一边说一边指着一堆苦薄荷味的糖果，"给我来五美分的糖果。"

乔的工作终于结束了。六头骡子上套后，杰克·费沃斯乘坐在乔的身边，乔赶着满载的骡车从独立城横穿而过。乔在杰克希望转弯的地方转弯,在他希望停下来的地方停下来。接着乔让骡子们倒退、快跑和慢跑。他们驾车回到圈栏后,杰克·费沃斯二话没说就用黄金支付了乔的工钱,接着,杰克直盯着乔的眼睛:"你想留下来替我干活吗?"

"不行啊,我得去俄勒冈。"

"夏天快要结束了,从这里到拉勒米有近七百英里的路。你们得赶在秋季暴风雨到来之前一路畅通无阻地赶到目的地才行。就算你们躲过了暴风雨,也躲不过印第安人的袭扰。现在都这么晚了,是没有人上路的。你们单枪匹马,骡车会迷失方向的。"

"我们会赶到那里的,不可能迷路。"

"我愿意把驯骡的工钱涨到三十美元一头,并且保证你整个冬天都有活干。"

"我得赶到俄勒冈。"

"你们这些想去俄勒冈淘金的人啊!"这个靠卖给移民们马匹和骡子而发了大财的杰克感叹道,"你们当中很多人连起码的常识都没有!"

乔·托尔一家人拆了帐篷,借来的木板和椅子也还给了杰克。芭芭拉在扎营的地方又擦又冲,因为四个年幼的孩子也许会把玩具和衣服上的小玩意掉到草丛里。

看着火炉上烧黑的石头,爱玛静静地站了一会儿。在这个角落,在过去的三个星期里,她做了一顿又一顿饭菜。她若有所悟:一位家庭主妇为一家人生火做饭的地方,在以一种不可思议的方式变得弥足珍贵。尽管爱玛像乔那样渴望现在就出发,朝着他们最终的宿营地,朝着那片终将屹立着他们的新家的土地前进,但是她忍不住对这个地方流露出眷恋之情。

当骡车离开那些苹果树时,爱玛回过头去,她眨了眨眼睛,把即将涌出眼眶的泪水忍了回去。乔没有看她,他把手在爱玛的双手上放了一会儿。

第八章　河流

乔和泰德在收集牛粪当燃料。他们扣好外套,拉下羊毛帽盖住耳朵。在最初的那段旅程当中,他们随时随地都能拾到柴火。可是在过去的十天里,能捡到的木柴非常少,乔认为可能这里的柴火本来就不多,仅有的一点也被之前的那些西去的移民捡光了。

后来,地形逐渐发生了变化。密苏里州的群山低矮起伏,这里的乡野也如出一辙。然而,在密苏里州,小山上覆盖着森林,在这个地方,他们发现树木通常只生长在沿河地带。沿路的地形地貌每一天都在变化,让人有一种前路漫漫、山长水阔的感受。

在过去,左邻右舍就在身边,热情友好。在踏入独立城之后,他们才真正体会到了什么叫背井离乡。走出独立城,路过一户户人家和一个个居民点时,他们也曾在那里找到了家的感觉。然而,现在他们看到的只有一望无际的大草原,在朝四面八方无限地延展着。他们一路上形单影只,完全依赖随行的东西度日,找不到任何一个可以求助的人。乔感觉这种辗转迁移的日子就像是悬浮在太空中一般。他不喜欢这一带的乡野,他心中可不止那么一点点害怕。不过他没有对爱玛提起过自己的恐惧。

泰德两只手里都是捡来的牛粪,他把牛粪放在乔扛的袋子里。乔看了他一眼,没有说话。泰德似乎在寻找什么东西,他迟早会说出他要找的东西。

"这是怎么回事?"他说,"怎么会这样呢,爸爸?"

"什么怎么回事?"

"这里到处都是干牛粪,可是就是不见野牛。"

"这我也不知道啊。"乔直率地答道。

"我们走了那么远的路,却没有发现野牛,不是吗?"

"是已经走出很远了。"

"你不想看到野牛吗?"

"想啊。"

"我也想看到。你觉得我们会不会这样一路走到俄勒冈,却连一头野牛也看不到呢?"

"不知道。"

"我们离俄勒冈还有多远?"

"还远着呢。喂,你要是不问这问那,而是去收集牛粪的话,我们已经有足够多的燃料了。"

"好的,爸爸。"

爱犬迈克适应了跟随骡车西迁的生活,它急切地在一堆草里闻了闻,那是一只长腿大野兔歇息过的地方。在此之前,迈克度过了一段追猎的美好时光。出门至今,尽管它还没有捕捉到任何东西,但它曾经追赶过穴兔和草原榛鸡。

杰克·费沃斯曾经苦劝乔一家人留下来在独立城过冬,因为夏末之后的俄勒冈小道上危机四伏,在路上绝没有好日子可言。乔一家人照当前这样继续走下去并不困难,只要沿着普拉特河以及此前的旅行车留下的车辙印前行就可以了。在过去的这个夏季,肯定有大量的移民从这里经过,因为沿路的青草在被他们的牲口啃食之后矮了一大截,在一些地方,青草的长势还没有恢复过来。乔不得不把牲口牵到路的一侧寻找牧草,但有时仍旧很难找到,因为其他人也有同样的想法。乔现在明白了,为什么俄勒冈小道在一些地方有数英里之宽。

尽管青草有时候很难发现,但总是可以找到的,这只是一个小问题。大的麻烦是乔一家人的前进速度大大落后于他一开始的设想。独立城和拉勒米之间不足七百英里,乔曾指望至多三十五天就可到达目的地。可是三十二天过去了,他们还有很长的路要走。乔不知道离拉勒米还有多远,因为他的日程安排已经被完全打乱了。

在踏上去拉勒米的行程中,即便是头两个星期,乔也未能实现日行三十英里的计划。此前,因为要为牲口们寻找牧草,他们一直迟滞不前。而灾难正在不远处等待着他们。

一天早上,乔醒了,看到天色尚早,他以为还不到起床的时间,于是翻身打算再睡上几分钟。那一天的早晨几乎漆黑如夜。这时,乔突然惊醒了。他一下子明白过来,起床时间已过,一场暴风雨即将来临。

黑沉沉的乌云堆满了天空，太阳找不到一处可以漏下阳光的缝隙。爱玛从骡车那里来到乔的身边，两人紧挨着站了一会，说了些安慰对方的话。夫妻俩共同体验着一种既奇怪又可怕的感觉——他们真的迷失在一望无际的大草原上了。现在，草原上空的云海越发涌动翻腾。夫妻俩赶忙抢在暴雨来临之前生火做饭，以免错过准备早餐的机会。

闪电狂野地撕裂着天空，惊雷可怕地震动着大地，但夫妻俩没有被吓着。四处都是旷野，没有可以遮风挡雨的树木或山丘，滚滚雷声响彻天宇。乌云裂开了一道口子，冰冷的雨水倾盆而下。乔对罩在骡车上的双层帆布心生感激。有了它，除了仍然拒绝乘车的泰德，一家人都不会受到雨淋。泰德只要不停地走动，淋了雨也不会伤害到他。很快，大雨把俄勒冈小道变成了一片沼泽之地。

从那一刻开始，骡车慢了下来，它在泥泞中挣扎着前进。车轴以下的部分有一半陷进了泥地。骡子用力拉着车，脚下打着滑，它们在寻找一处坚实的立足之地。多亏了乔娴熟的驾车技术，才没有让骡子们跌倒在地。他们不得不继续赶路，因为停在这片泥沼地里，后果将不堪设想。乔看不到人家，目及之处找不到可以搭个遮棚的材料。雨下了两天，在这期间，他们只能啃着冰冷的食物，因为唯一的燃料——那些被雨水浸泡了的牛粪，是无法点燃的。他们的衣服以及车上几乎所有的东西都沾满了泥巴。清洁工作并不起什么作用，因为刚刚擦洗过的东西五分钟之后又沾上了泥巴。随雨而来的冷风，预示着这是一片凄风苦雨的乡野，厚厚的积雪将铺满这片大地。

最糟糕的是他们的粮食越吃越少。西利大爷曾经建议过乔，要他满载着食物上路，乔始终恪守着这条建议。在离开独立城之前，他多买了些粮食，只不过家里的人个个都是好胃口，外加舟车劳顿，格外能吃。乔打了几只长腿大野兔，但即便是爱犬迈克也觉得咬不动；他还打了几只美味可口的草原榛鸡。然而，由于人们的猎杀，草原榛鸡变得小心谨慎了，现在几乎一只也打不到了。

乔一边感到忧心忡忡，一边继续捡着牛粪。因为泥地的缘故，一家人的行动变得如此缓慢，以至有时候似乎是在昨晚宿营地的视线范围之内又搭起帐篷住下。他们实际移动的距离也许比那要远一些，但乔估计，在这片沼泽中，他们没有哪一天走过的路超过八英里。在科尔尼堡，他几乎什么也没有买到。一家人的余粮不多了，住在科尔尼堡的人也早已面临粮食短缺。当地老百姓对乔说，他们的粮食足够维持到拉勒米，但是这些人不了解恶劣的出行环境。

乔和泰德把牛粪装进口袋，父子俩低头抵挡着寒冷的北风。乔越发不安起来，他努力压抑着自己内心的担忧。也许不会遭遇数周积雪很深的天气，但是，毫无疑问，任何一点雪都会让前进的速度慢下来，他们在路上再也耽搁不起了。想起自己的孩子们就要忍饥挨饿，乔感到一种揪心的疼。谁都不敢肯定，在春回大地、出行条件变好之前，会有人从这条路上走过来。即便真有人来，他们也极有可能拿不出可以和旅伴共享的任何一样东西。泰德把头藏在夹克衣领下面，他瓮声瓮气地说："爸爸，你看会下雪吗？"

"不会的，我想不会下。"

乔把骡车停在一片长满牧草的小山上，这里的地面不积水，至少今天晚上他们不用在泥沼地上宿营。被系在缰绳上的两头骡子和那头奶牛迫不及待地吃着草。爱玛的那群小鸡一个个划动着脚爪，用力扒开草丛找食吃。小鸡们已经把骡车当成了自己真正的家，夜幕降临之后，它们就会回到鸡笼里过夜。爱玛和芭芭拉在整理炊具，她们只等着有牛粪可用。在此之前，她们曾翻新过乔的两条旧裤子。在坦尼店前的十字路口附近时，她们从没想过这种衣服还有穿在身上的机会，不过现在在这里倒是很实用了。

"我们总算赶到这里了！"乔唱了起来。

乔抓了一把枯草作为引火物，他备好牛粪堆，从一只带瓶塞的瓶子里取出一根含硫火柴点燃枯草。贪婪的火苗从枯草里蹿起来，并在牛粪饼的缝隙中慢慢舔舐着。乔回忆起在密苏里州时他们曾经享受过的用木柴燃起的熊熊的火堆。他思绪翻滚，颇为不快。他们必须穿越这片平原，才去得成俄勒冈，没有别的办法。不过一想到他们不打算住在这里，乔就高兴起来。

爱玛不满意地看着火堆："我有点儿想念用木柴取暖的火堆。"

"我们会捡到一些木柴的，"乔承诺道，"某个地方肯定会有木柴，不可能一直都是泥沼地。走出这片泥沼地之后，我们马上就会以快得多的速度前进。你不用担心。"

爱玛笑了，乔知道那是一个强装的笑脸。"我一点儿都不担心！我没有奢望过一路都是舒适的环境。"爱玛说。

此前溜开的泰德现在飞奔着返回了骡车。他兴奋地睁大眼睛："喂，爸爸！"

"怎么了？"

"在对面的山丘上有一些动物！"

乔的心一下子提到了嗓子眼："什么动物？"

"不知道。看上去有点像鹿，不过不是鹿。"

乔拿起枪，转身对爱玛说："你和鲍比照顾小家伙们吃饭，你们先吃好不好？泰德和我回来后再吃。"接着，他又对泰德说："你给我带路！"

泰德把迈克系在骡车车轮上，随后把乔引到山丘上。在山丘的另一侧，泰德滑着步子往下走，乔欣慰地注意到儿子走得很小心——避免让草和石头发出沙沙声。乔心想，泰德有一天会成为一个好猎手。泰德小心谨慎地从第一座山丘下来之后，接着爬上了对面的山丘，停了下来，他用手指着前方。

"就在山的另一侧，"他低声说，"一共有四头。"

"跟我来，孩子。"

爷儿俩双手双膝着地，他们用很慢的速度爬行。快爬到山丘顶部的时候，他们靠腹部的扭动在地上挪移。这对父子把头露出来，俯瞰山丘的另一侧。

泰德低声说："在那儿！"

山丘斜坡下方是一条浅浅的溪谷，三百码长，两百码宽。乔看到了那几只动物，看上去像是一只体形硕大的公鹿身边跟着三只雌鹿，但又不是鹿。虽然乔以前从未见过这种动物，但是他从那些去过西部的人的描述中得知,它们可能是羚羊。作为一个有经验的猎手,乔看得出它们已经有所警惕,它们可能看到了他们。动物们在靠近溪谷的地方紧张地吃着草,那是子弹无法打到的地方。

"在这之前它们要近得多。"泰德小声说道。

"别出声!也许它们会靠近我们的!"

乔一动不动地趴着,他观察羚羊时,甚至可以不眨一下眼睛。乔渴望把那些羚羊吸引过来。只要猎获它们中的一头,只需一头,他一家人就又有了足够的食物。突然,一头母羚羊愤怒地用蹄子攻击另外一头,它们跑得更远了。乔开始担心起来。再过二十分钟,天就要暗到无法举枪瞄准了。

乔低声说:"我们得想想办法才行!"

"想什么办法?"

"你知道它们的确切位置吗,泰德?"

"当然知道。"

"你从这座山丘上溜下去,看能不能到它们后方惊动它们,让它们朝我这边移动。"

"当然可以,爸爸。"

泰德悄悄离开了。乔盯着羚羊,眼睛里布满了杀机。他绝对不能错过这次机会。一家人必须有一头羚羊才能填饱肚子。乔迫使自己放松身心,这样他才能做到更精准地射击。夜幕在渐渐投下暗影。当羚羊移动的时候,步枪上的瞄准具都开始变得模糊了。

那群羚羊突然窜开了,不过不是朝乔的这边跑过来,而是横穿了溪谷四分之一的宽度。乔知道它们仍在射程之外，但他极其渴望能猎杀到一头。乔瞄准了那头奔跑的公羚羊，扣动了扳机，苍茫暮色中，只见步枪喷出一道红色的火焰。但那群羚羊仍在继续奔逃。

乔大汗淋漓地站起身来，心脏上仿佛突然被一个沉甸甸的东西压住了。乔觉得有点儿恶心想吐，他用舌头湿了湿干裂的嘴唇。在某种意义上，他好像犯下了一个可怕的不能原谅的罪过。不过，当泰德在他该出现的地方现身时，乔还是感觉到了心中那股"以之为豪"的情绪。小家伙准确无误地完成了自己肩负的任务。羚羊没有按预想的方向逃窜，那不是儿子的过失。

泰德喘着气，爬上山丘，来到乔的身边："没有打中吗？"

乔闷闷不乐地说："打偏了。"

"哦，算了，"泰德依然高高兴兴的样子，"反正它们也不是很大。"

父子俩慢悠悠地回到骡车所在的地方。在此之前，爱玛曾听到枪响，她满怀期待地朝他们跑了过去。

"没有打中，"乔说，他借泰德的话为自己开脱，"不过也不是什么很大的动物。"

"没什么。"爱玛回答道。从妻子的声音里，乔觉得自己听出了哽住的那一下。"还有机会的。你们快来吃饭吧。"爱玛接着说。

在此之前，爱玛把爷儿俩的餐盘放在渐渐熄灭的火堆旁，一直温着。爱玛递给泰德一只盘子，又把乔的餐盘拿给他。乔低头看着餐盘：土豆、饼干、黄油、他们在独立城买的牛肉干，此外还有一杯咖啡。这些是乔平时能全部吃下的一份饭。

乔说："真该死,可我就是不觉得饿。你要是愿意把这些收走的话……这够我明天一天吃的。"

泰德说："我也不饿,妈妈。"

"哎呀,你瞧瞧!"爱玛提高了嗓门,话音里有一种抽泣的腔调,"芭芭拉说她不饿,泰德不饿,你也不饿!你们到底都怎么啦!你们得吃点东西才行呀,你们必须……"

乔把餐盘和那杯咖啡小心地放在地上。他把爱玛紧紧地搂到怀里,爱玛默不作声地斜靠着他,她神经紧张,浑身颤抖。乔用双臂紧紧圈着她的身体,悄悄地说着话,连泰德都听不清:"亲爱的!哦,亲爱的!"

"我……我很抱歉,乔。"

"爱玛,"他语气坚定地说,"我知道当前不容易。不过我们会渡过难关的。我发誓,我会担当到底!"

当爱玛看着乔的时候,她的眼睛看上去就像是燃烧着的炭火。

乔心如刀割,他说："泰德,你吃吧。如果你还想去多寻些猎物的话,就得把饭吃下去。"

芭芭拉已经安顿好四个年幼的孩子上床睡觉,她从骡车上跳了下来,体贴地站在妈妈的身边。

乔轻轻地说："我和你妈有话要说,宝贝。"

芭芭拉犹豫地说："那好吧。"

乔说："对了,鲍比,你也把饭吃了。"

"我是真的不饿。"

"不管怎样，你最好把这些都吃了。"

乔拿起一盘食物，还有那杯咖啡，他把爱玛领到远离火堆的阴影中去。乔轻轻转过身来面对着她："你吃了多少？"

"我……我不饿。"

乔切下一片肉，努力用叉子喂到爱玛的嘴里。爱玛再也控制不住了，她突然剧烈而痛苦地抽泣起来。"你为什么要把我们带到这个可怕的地方来？"她哽咽着说不出话来，"你有什么权力把大家带离我们自己的家？你身为父亲，却把六个孩子带到这样一个泥巴地里来！让四个无助的小家伙，来……来到这片可怕的荒野！"盛怒之下，爱玛说出了这些话，她浑身发抖，感情冲动，"你不就是想冒险赌一把吗？可是，你想过我们该怎么办吗？如果我们饿死在这里，那该怎么办！当无米下锅的时候，当拿不出东西来给孩子们吃的时候，当谁都得忍饥挨饿的时候，你有什么感想？乔呀乔，你对我们都干了些什么！"

现在，不停的抽噎折磨着她，爱玛再也说不出更多的话来。

乔把杯盘放在地上。他垂着头，独自默默地站着，没有任何触碰爱玛的动作。妻子的一顿叱责，让他的勇气消失殆尽。乔失去了自己的主张。也许，让一家人来到这里，他大错特错。乔一片茫然，全家人跟着他迷失了方向。

爱玛的眼泪夺眶而出，然后她突然看见了他——在这之前，她仿佛是个盲人，她只看到了孩子和他们的饥饿，现在她睁开了眼睛，她看到了乔。在他身上，爱玛看到了自己宣泄情绪的后果。她无助地看着乔松垮的双肩和耷拉着的死气沉沉的一双手。爱玛心痛万分。乔此前所做的一切都是为了他们所有人啊。这趟旅行的目的，是把大家带到一个新的更好的地方。乔比其他人更渴望一种独立的生活，难道不正是他的那种与命运抗争的精神，让他成为一个更好的父亲、一个让孩子们敬仰的男子汉吗？哎呀，她所打击的正是让乔·托尔成为一个好人、一个好爸爸、一个既勇敢又充满爱心的丈夫的那种勇气啊！

爱玛的恐惧虽未消失，但是某种比恐惧更巨大也更重要的东西流入了她的心海。爱玛停止了呜咽。她走到乔的身边，搂住了他的脖子。

"乔，我刚才就像一个疯子一样。"她说。

乔不解地抬起头来看着她。

"我有时候好像情感有余而理性不足。"她咯咯地笑了，"我知道我们会迎来更好的生活的。乔，不管我说过什么，我打心底里从未怀疑过你。不管一路上我们会经历多少的艰难险阻，亲爱的，终有一天，我们会回首今天这一幕，并会对此笑得直不起腰来！"

乔的脸上露出了一个如释重负的表情。他端起了肩膀，把爱玛搂入怀里。"你真的相信我吗，爱玛？"他沙哑着嗓子问道。

作为回答，爱玛在乔的嘴唇上吻了一下。他需要知道的一切都在这一吻里面了。

乔拿起餐盘，把食物一分为二，两人认认真真吃得一点不剩。他们喝着那杯咖啡，一人一半，两人从杯沿的上方传递着会心的笑容。

接着,夫妻俩回到了孩子们的身边。

乔从普拉特河里提了一桶水,并带上一把河沙,他们把碗碟清洗干净。乔回到骡车上,放下帆布幕帘,脱下沾满泥浆的外衣,他和儿子们在靠近幕帘的一侧蜷缩着躺下来。与此同时,在幕帘的另一侧,爱玛和女儿们待在一起。现在,这样的安排是最恰当的,因为地上的那堆篝火只能带给人少许的慰藉,骡车的周围则连一处立足的地方都找不到。乔看了看他的步枪,他要确保它放在触手可及的地方。在这之前,他们看到过一些印第安人,这些人始终都很和平。但谁也不敢保证他们会不会撞上敌人。

在骡车下面,爱犬迈克在睡梦中发出阵阵呜咽,大概是梦见了自己和泰德曾经参与的一些快乐的狩猎经历。乔觉得稍微心安了些。迈克吃完了它的那份食物,到目前为止,它始终无法自行觅食。不过迈克很勇敢,夜间如果有任何东西试图接近他们,它肯定会发出警报的。乔躺进了温暖的被窝,把被子拉到了下巴的周围。

"有一辆要去俄勒冈的小小的骡车……"乔开始给孩子们讲睡前故事。

几双小耳朵在帆布幕帘两侧专注地听着,孩子们把期待的目光投入车厢的黑暗中。乔继续讲着他的故事。

"无巧不成书的是,故事中小骡车上的孩子们的数量和我们这辆车里的一样多。不过呢,那辆车的骡子们很倔强,它们不愿意拉车。哪怕是在骡子们的鼻子前方悬一根胡萝卜,也无法让它们向前迈出一步。骡子们想回到密苏里州。最后,小骡车里的孩子们灵光一现,想出了一个令人满意的办法。他们站在骡子们能听到他们说话的地方,争得不可开交。骡子们能听懂孩子们的话。孩子们说他们也想回到密苏里州。接着,孩子们开始朝俄勒冈方向走去,他们对骡子们保证,他们去的是密苏里州。骡子们你看看我,我看看你,以为此前是自己搞错了方向,于是跟在孩子们的后面走。当他们抵达目的地之后,大家都非常喜欢俄勒冈,再也不愿去任何别的地方了。"

在帆布幕帘的另一侧,小爱玛打着哈欠说:"这个故事真好听,爸爸。"

小乔打了个大哈欠,阿尔弗雷德和卡莱尔朝爸爸靠得更近一点,依偎着他。

泰德低声说:"爸爸。"

"什么事?"

"我们没有打到一头羚羊,真遗憾。"

"我也觉得遗憾。"

"不过我们迟早会打到的,你说呢?"

"那是当然。现在别再说话了,弟妹们都要睡觉了。"

"好的,爸爸。"

乔试着感知帆布幕帘另一侧的爱玛是否睡着了。他有一种感觉,那就是她还醒着,不过他并不想对她轻声说话。如果她睡着了,他也怕会把她吵醒。乔在黑暗中睁着眼睛。

西利大爷此前曾把去俄勒冈的有关情况毫无保留地告诉过他。然而,除非亲自体会过一路的艰辛,否则没有人能真正了解那是怎么一回事。西利大爷如何能预料到雨天的来临以及一望无际的泥沼地呢？乔心里不安起来。他实实在在地感知到自己已经肩负起守护家人生命的重任。他非常清楚，现在他们正处在危险之中。他们的口粮严重不足，距离拉勒米还有多远依然是个未知数。在那一刻，乔真的希望他们从来就没有到这里来过。他知道，如果自己还能选择的话，他愿意打道回府。但现在，也许他们最好继续往前走。比起距离独立城和科尔尼堡，去拉勒米的路肯定要近一些。而且在科尔尼堡，乔举目无亲。生米煮成了熟饭，他们已经做出了自己的选择。

帆布幕帘沙沙作响，爱玛伸过来一只手，她在黑暗中摸索着丈夫。乔轻柔地握住这只伸出的手。

爱玛低声说道："乔，没事的。"

他低声答道："是的，亲爱的。"

当两人的手握到一起之后，谁都没有再说话了。乔痛苦地想起妻子此前承受的一切。对爱玛来说，这当中没有哪一样是好对付的。最糟糕的莫过于泥浆。溅起的泥浆落在每一样东西的上面，长了眼睛似的沾满骡车的各个角落，甚至连吃的东西上面都是泥巴。对于平时把家收拾得一尘不染的家庭主妇来说，那些让人束手无策的泥巴是非常闹心的东西。

乔努力用一种肯定的语气轻声表达着一个纯粹的希望："情况会很快好起来的，爱玛！"

乔得到的回应只是令他感到安慰的爱玛紧握着的手。

风把车厢上的篷布吹得哗啦啦地响，乔仍然凝视着黑暗。他们还有很长的路要走，现在只不过是旅途的开始部分罢了。在到达俄勒冈之前，肯定还有更多的困难和危险。乔的手还放在爱玛手中,妻子就睡着了。

第二天上午,两头辛苦的骡子终于把车拉到了干燥的路面上。乔长长地舒了一口气,骡子们高兴地奋力拉车,它们上下点着脑袋,一路小跑。爱玛把她那愉快兴奋的目光投到丈夫的身上。一个星期以来,阿尔弗雷德第一次发出欢叫。

"这里是俄勒冈吗?"他问。

"这里和俄勒冈可不太一样哟,阿利。"乔觉得想笑。

"我们来做个游戏吧。"小乔急切地提议。

就在他们进入泥沼地之前,卡莱尔发现了一堆圆圆的小卵石。乔不知道那是什么玩意,因为他以前从来没有见到过。当把这些卵石拿到阳光下面时,它们就变成了半透明状的东西。孩子们从卵石身上琢磨出一种有趣的游戏:在其他人不看的情况下,一个人藏起几块卵石。接下来,其余的人都必须猜出有几块卵石被藏了起来。猜的数字最接近的那个人则接过这些卵石,继续做游戏。

阿尔弗雷德问:"我有多少块石头?"

"六块。"小爱玛猜道。

"四块。"小乔严肃地说。

"五块。"卡莱尔在碰运气。

"没有!"阿尔弗雷德挥挥手,忍着不笑。

"你有多少块?"芭芭拉问道。

"一块也没有!"

阿尔弗雷德忍不住放声大笑。小乔一本正经地抗议道:"这个游戏不是这么玩的!"

191

爱玛满面红光地看着乔,乔朝她笑了一下。在这片广阔的大草原上,他们仍然是一个迷失的小不点;在物资供应上,乔一家的情况也没有发生改变。在此之前,暴风雨和泥沼地就像恶魔一样使出浑身解数拖累他们,但一家人终于走出了泥沼地,大家因此精神大振,扬眉吐气。

爱玛感叹道:"这真是太好了!"

"就像乘着羽毛在飞似的。"乔附和着,他回头召唤着女儿,"你喜欢这里吗,鲍比?"

"哦,这里好极了!"她的声音虽然快乐,却带着一种奇怪的情感,那是乔所无法理解的。他不解地看着妻子,爱玛压低了嗓门:"芭芭拉并不真的在这辆车上,乔。她的心早就跑到我们的前面,已经飞到俄勒冈了。"

"哦。"乔似懂非懂地应答着。

爱玛轻言细语地说:"闺女已经长大了,乔。不过她还没有成熟到失去做梦的激情。我希望她永远不要那么成熟。在她这个年龄的时候,你在想些什么?"

"我当时和现在一样,我心里想的都是你啊。真该死,爱玛!在我遇到你之前,我的日子过得并不精彩。哦,我根本就没有想到要过上娶妻生子的生活。其他大多数人拥有的我都有了,可我的生活很迷茫。我根本找不到一个可以说说话的人,一个苦乐与共的人。在我见到你的第一天,我就知道我永远离不开你。"

爱玛说:"哦,可你真的离开了。你当时飞快地从那家店里跑了出去,手里拿着一壶枫糖浆!"

夫妻俩开怀大笑,笑声里那种单纯的快乐把待在车厢后部的孩子们也逗笑了。不过乔和爱玛没有把嗓门压得足够低,他们所说的话都被芭芭拉听到了。芭芭拉跪着,透过车厢上敞开的两片窗帘布,她做梦似的凝视着外面的世界。她知道抛在身后的一切再也不会回来。接下来的生命里会遇到什么样的人和事呢?没有人比妈妈更懂得女儿的心思。芭芭拉心驰神往,她的思绪早已越过慢吞吞行进着的那两头骡子,赶在其他人之前,到达了俄勒冈。

尽管此前遇到了泥沼地,泰德也没有放弃誓言。他曾信誓旦旦,要徒步跨越去俄勒冈的每一寸土地。因为身轻如燕,一路上他没有遇到什么麻烦。在骡车深陷泥沼的几个地方,他都能绕道而行。在过于泥泞的道路上,不是在骡车的一侧,就是在另一侧,泰德能找到小山丘或是突起的高坡,而这些常常是通往前方的捷径。现在,忠实的爱犬在他的身边,他站在一百码开外的一处小山丘上挥着手,他的声音传了过来。

"喂,爸爸!"

"怎么了?"

"快点!你来看呀!"

"我来了!你待在那里别动!"

乔把骡车赶到那座小山丘的山脚下。他好奇地皱起眉头,朝泰德示意的方向看了过去。在三百码开外,几乎是在小路的正中间,出现了另一辆旅行运输车。奇怪的是,那辆车一动也不动,亦真亦假,像鬼魂一样出现在那条小路上。那辆车上曾经紧绷的篷布现在耷拉着,车厢尾端两片窗帘布洞然大开。爱玛把疑惑的眼神移到了乔的身上。

"这是怎么回事？"

"不知道。我们驾车过去看看。"

当乔走近的时候，他发现这辆车此前多半有人驾驶过，但现在车里面根本就没有一个人影。泰德朝那辆车跑过去，当身边的迈克毛发竖起的时候，他犹豫地停了下来，并等在那里。泰德曾经见过拉这辆车的两头牛，当时他还在路边停了下来。不过现在它们死了，牛轭还架在身上。乔让骡子们停下来，他把缰绳交给爱玛，缓步走向那辆牛车。乔赶到现场之后，泰德恢复了勇气，紧跟在爸爸的后面。乔看了看那两头牛，因为它们死去多时，所以无法判断死因。他跳起来看了一眼车厢里面，正如他所预料的那样，车内空空如也。

"你认为发生了什么？"泰德用敬畏的声音问。

"我不知道。"

"印第安人？"

"有可能。"

"呸！"

"怎么了？"

"他们为什么不能一直等着我们来呢？"

"别说傻话！"乔厉声呵斥道，"再说了，如果来了印第安人，他们早把这辆车劫走了。"

"除非，"泰德指出，"有人从其他几辆旅行运输车上朝他们开枪，把他们赶跑了。"

"也有那种可能，但也许某个驾车的家伙蠢得要命，是他把两头牛给折磨死了。不管怎样,我们最好赶自己的路。"

"我猜那两头牛生病了或是中了毒,"当乔回到座位上,抓好缰绳后,他对爱玛解释道,"牛车的篷布上没有发现任何弹孔。"

"哦,真希望车里的人平安无事!"

"他们可能不会有事,"乔让她放心,"也许是被另一辆车接走了。"

他们赶着骡车沿俄勒冈小道继续前进。眼前的一幕无疑是一次事故,也许还是一场悲剧,给乔一家人泼了一盆冷水。接下来仍然是难行的小道,多雨的乡野肯定已被抛到身后了,寒冷的北风却还在吹着,乔让那两头骡子快点赶路。寒风之后暑天也就结束了,他不希望在雪天里被困在这样的一个地方。一时间,坐在车上的人都沉默了,似乎有种异样的感觉占据了他们的内心,就连孩子们都鸦雀无声。爱玛朝乔转过脸去,一片茫然。

"你听到什么了吗?"

"我的天哪!我想我听到了。"

"我也听到了。"

从远处传来一阵沉闷的震颤,伴着不和谐的节奏一点点靠近他们,像是鼓风炉里疾走的风。不过骡车周围的风依然来自北方,依然刮得平稳。乔七上八下、精神恍惚地坐在驾车的座位上。他觉得大难临头,不过莫名其妙的是,一切看起来好像还很安全。骡子们不安地上下点着脑袋。

"喂,爸爸!"

泰德发出绝望和疯狂的喊叫声。小家伙在附近的一座小山丘上卖力地跑着。乔的脊梁骨似乎被恐惧那冰冷的手指抚摸着,他让骡子们停下来等着。泰德敞着夹克,满脸汗渍,在此之前,他跑得又远又快,几乎是上气不接下气。

"天哪!"他喊道,"数都数不清!"

"什么东西数都数不清?"

"野牛!"泰德一时喘不过气来,"正朝我们这边冲过来!"

"快上车!"

"迈克怎么办?"

乔从骡车上跳下来,他把那条狗抱在怀里,向上递给车里的爱玛,并帮筋疲力尽的儿子上车。他朝两头骡子甩了一牛鞭,并不再用缰绳控制它们。

"加油!上那儿去!"

两头骡子向前跃起,一路跌跌撞撞地跑着,乔又甩了一下鞭子。当骡车从某个看不见的障碍物上摇晃着通过之后,两头骡子突然发疯般地飞奔起来。乔绷紧双脚撑着身体,并对爱玛大喊道:"退到车厢里面去!"

乔一边挥响牛鞭,一边低声祷告。与此同时,爱玛从座位上滑着进到车厢里,她蹲下身子,把孩子们拢到身边。尽管乔对野牛惊跑时的场面一无所知,但家畜狂奔他是见过的。不用说,野牛惊跑的后果更加可怕。

接下来不需要再挥鞭了,因为第一拨野牛已经映入眼帘。野牛们拥上一座小丘,接着从小丘另一侧拥下坡去。这群野牛簇拥着,那些跑在前面的就算想改变方向也无法实现,因为身后的野牛在逼着它们朝前狂奔。这群野牛成了流动的棕色海洋，它们的蹄子发出的噪声淹没了所有其他的声响，甚至连大地都在颤抖。

现在两头骡子在亡命地奔跑，它们也知道自己在逃命。乔完全没有勒缰绳，而是让骡子们自行其道。乔朝惊跑的兽群看了一眼。野牛数量之多，甚至连他都无法估计。它们将从俄勒冈小道横穿而过。除了雷霆般的蹄声，乔还听到了泰德的尖叫。

"爸爸！"

"什么事？"乔大声回应。

"我可以用步枪吗？"

"可以！"

这时，某个可怕的大家伙撞到了骡车上，那是一种巨大的冲击力，骡车朝一边侧滑过去。乔让缰绳前倾，好像这样做能让骡子跑得更快似的，他恨不得给两头骡子插上翅膀。乔听到了步枪发出的恶狠狠的一声枪响。两头骡子随后慢了下来。乔知道，危险近在咫尺——骡车实际上是被一头奔跑的野牛撞上了。乔拉着缰绳，让气喘吁吁的骡子停下来，他回过头去看那一大群仍在奔跑着的野牛。

"我击中一头野牛了！"泰德得意扬扬地说，"我打中了，它躺在那里！"

"你很久没有动过枪了。"乔抱怨道。

"哼，我只是不想朝兽群中间的一头射击罢了。那样的话，其余的野牛会把它踩得稀巴烂。我是想从最后面跑的野牛里挑一头，那样我们就有吃的了。”

乔用惊讶和钦佩的目光看着他："你考虑得非常周到！"

爱玛脸色苍白，浑身颤抖，她在乔旁边的座位上坐了下来。芭芭拉用一块手绢擦了擦脸。四个年幼的孩子张着嘴巴站着，看着逃跑的野牛，他们年纪太小，无法体会已经躲过的那场巢倾卵覆之险。乔握住爱玛的手。

"究竟发生了什么，能让野牛那样没命地跑？"爱玛透不过气来。

"不知道。也许是猎人们惊吓了兽群。"

"离我们近得可怕！"

"太近了！"

泰德急切地问："爸爸，我可以带上步枪去看看我打的那头野牛吗？"

"你去吧。"

泰德爬出骡车，迈克随后也跳出车厢。乔始终密切地注视着他们。在离开骡车车厢之前，泰德重新给步枪填满弹药，乔赞许地点了点头。泰德不是傻瓜。尽管野牛倒下了，但谁也不能保证它无法再站起来。泰德是想做万全的准备。乔继续观察着，他没有参与到这件事中去，因为这是泰德分内的事。这次的战利品值得大书特书一笔，因为是泰德自己把它放倒的，这对泰德的男子汉气魄的养成将大有裨益。乔给小家伙留够时间，让他走近倒地的野牛，并好好端详一下猎物。接着乔让两头骡子掉头，拉着车跟上去。

芭芭拉哆嗦着，但是她做好了思想准备："爸爸，要我帮忙吗？"

乔轻轻地说："用不着，鲍比。"

"那我带小弟小妹们去散散步。那样他们就不会在旁边淘气了。"

"我想看野牛！"阿尔弗雷德抗议。

爱玛说："阿利，你跟芭芭拉去吧。"

乔停下骡车，让芭芭拉把四个最年幼的孩子带走，然后他驾着车继续前进。被击中的野牛是一头长着一个大驼峰的膘肥体壮的母牛。此前乔从不知道野牛可以长这么大。他看着爱玛幸福的眼神，他知道她心里在想什么。乔·托尔一家人仍然面临一些亟待解决的问题，但口粮问题不再是其中之一了。

泰德疑惑地问道："爸爸，这头野牛我们该怎么处理？"

"我想必须把它分割成我们想要的牛肉。"

乔没有任何能把死野牛吊到树上的滑轮，周围也没有能吊起野牛的树。乔放干野牛身上的血。他把两头骡子从车上解下套，借助畜力来翻动野牛，让它四脚朝天地躺在地上。泰德的枪法比他料想的还要好，因为打中的是一头未生育的母牛，这种牛的肉向来是最好吃的。乔从野牛后臀的一边，泰德从另一边，父子二人携手剥下野牛的皮。剥下的皮落在野牛的两侧，这样就不会有尘土粘在黏糊糊的温暖的牛肉上。爱玛从骡车上取出几块砧板和大大小小的容器。

乔抓了抓头，茫然不知所措，他不知道他们该如何取舍。他听说过野牛身上的驼峰是最好的部分，当然他也想要肝脏——其余的肉在适合食用之前要冷藏起来风干处理，肝他们今晚就能吃。不管怎么样,在对驼峰做任何处理之前,要让整个畜体变得更轻一些才好。

乔沿着半个后臀的轮廓熟练地将肉切开,当他很轻松地举起了切下的半个后臀肉时,他感到很惊讶。他估计了一下,这坨肉不超过一百磅重。也许野牛看上去比实际上要显得大一些。乔把后臀肉放在砧板上,爱玛拿刀站着,做好了切肉的准备。

"你把你手头的活儿干完,"她对他说,"切肉的事情我来干。"

爱玛开始把后臀肉分割成一块块牛排。乔和泰德把另一块后臀肉也割了下来,接着打开腹腔,取出肝脏。至于野牛身体的前四分之一,他们只精选了几个部分。乔用锯子切割出腰部的牛肉,他翻动变轻后的畜体,让它侧立着,并试着在驼峰的位置上下刀。他惊讶地发现驼峰那里有一根脊骨,乔站起来看着那根骨头。他又试了一次,没能把驼峰切下来。他耸了耸肩。显然,那些说驼峰是野牛身上的精华部分的人,并不了解他们自己所说的话。

乔、爱玛和泰德把内脏、骨头都扔掉了,只留下能吃的部分。因为是在不方便的环境中作业,没有所需的工具,他们花的时间比分割整理一头菜牛还要长。不过,当工作结束的时候,每一只装肉的盒子都被填得满满的,还有很多牛肉装不下呢。

那天晚上他们在树林间扎营,他们还有生火的木柴。野牛的肝分量很大,乔吃完一份后又吃了一份,自己都有点不好意思。泰德吃了四份,爱玛和芭芭拉各吃了两份。这是一顿美味佳肴,野牛肝有一种特别的好味道,让人食欲大开,吃了还想吃。

乔高兴地说:"再来点吧,乔伊①? 还有很多呢。"

"也许我还能再尝一小块。"

小爱玛说:"我吃饱了。"阿尔弗雷德和卡莱尔摇摇头,表示再也吃不下了。乔一家人乐呵呵地坐在摆满盛馔的桌板周围,一副特别轻松的样子。昨天晚上,因为没有打中羚羊,而且知道还有更多的泥巴地要走,他们十分沮丧,几乎要绝望了。今天晚上他们走到了坚硬的地面上,有了用木柴燃起的篝火,而且一个个都吃撑了。他们会熬过这段困难时期的。

第二天是一个大晴天,接下来的一天也是艳阳高照。不过寒风依然从北方吹来,向他们预示着天气将有剧烈的变化。这是一个灾难性的预兆,老天要用难耐的刺骨的严寒来吓破人的胆。乔使出浑身解数让两头骡子一路快跑,让他感激不尽的是,沿途始终是干燥的路面,他们能顺利地前进。这天,乔来到一条河边,他停下来。

眼前的这条河沿岸长满垂柳,河水波澜不惊。两头疲惫的骡子停下了脚步,乔从车座上走下来。爱犬迈克和泰德跟在乔的身边,乔在河岸边来回走着,他试图找出破解这道难题的答案。道路消失在这条河里,又从河对岸露出头来。其他的骡车都曾涉水而过。不过究竟如何过河,乔感到很困惑。乔看不见这条河的河底,但他知道河底积满了烂泥。在此之前,他又曾

①小乔的昵称。

蹚过多少河床堆满烂泥的大河与小溪呢？

"你觉得我们能过去吗？"他问泰德。

"其他的骡车都过去了。"

"那我们也可以过去。"

乔回头爬上座位,拿起缰绳。两头骡子开始在河里朝前迈步,接着突然向一边倾斜过去。乔的心骤然停跳了一下,他让骡子们自由过河。因为现在他才明白,为什么此前他对这条河产生了本能的恐惧。

当其他的骡车过河时,河水肯定很浅,但是现在,由于下雨,这条河赶上了汛期,河水冲刷两岸,河床很深。在其他骡车曾经安全涉水的地方,他碰上的是一层危险的烂泥。骡车朝一边倾倒,大有倾覆的危险;接下来,骡车的右前轮从陷入的一个坑里滚了出来。两头骡子使出全身力气,将骡车重新拉回到岸边坚实的地面。因为保住了两头骡子,乔小声说着谢天谢地的话。在这种情况下,马或牛会直接朝前走去,抛下陷入困境的车辆,这也许让一家人性命难保。可是这两头骡子有它们自己的思维。

当两头骡子奋力拉动骡车的时候,骡车一下子停了下来,之后很久没有动静。接着骡车又开始动起来,乔感到很不舒服。骡车的右前轮沉了下去——那只车轮损坏了。除了车轮,其他的任何东西乔都有备用品。乔惊得忘记了呼吸。

两头骡子来到安全地带停了下来,它们的两肋起伏不停。乔从骡车上走下来查看车轮。轮辋和几根辐条都破损了,这只车轮没有修复的可能。泰德来到乔的身边,爱玛和芭芭拉随后也来了。

"你为什么不修呢,爸爸?"泰德问道。

"修不了。"他平静地看着爱玛,"如果你和孩子们待上一会,你会害怕吗?"

爱玛看着他,没能答上话来。

"我会把步枪留给泰德用。"

"你要干什么,乔?"

"我唯一能做的,就是骑着骡子回到我们看到的被丢弃的那辆牛车那里,我要从牛车上卸一个轮子下来。两头骡子都跟我去,它们不拉车了,我应该还能争取到时间。如果我现在离开的话,天黑之前我还可以赶很长一段路。"

爱玛咬紧牙关。该办的事情就得赶紧办。

"我给你准备点便餐。"

"谢谢你,亲爱的。泰德,你跟我来一下,行吗?"

"行啊,爸爸。"

乔走到了河岸上,泰德跟在他的身边。他毅然下定了决心。假如附近哪里有一个可以藏身的土堡或是一处房子就好了——但是周围什么也没有,他也不可能搭建个遮棚出来。乔朝儿子转过身去。乔睁大双眼,低头信任地看着儿子,他觉得既骄傲又恐惧。

"泰德,你必须接管我的工作。"

"放心吧,爸爸。"泰德的脸上盈满着渴望。

"我想你不会遇到什么问题的。不过要是你真的遇到了麻烦,如果真有人来了,别想着守护骡车。你们走开就好,骡车就让他们拿去。"

"要是他们朝我们追过来呢？"

"那么，"乔严肃地说，"开枪，开枪打死他们！"

泰德眨了一下眼睛，然后严肃地说："好，爸爸。"

乔从盒子里拿出他需要的工具，并把工具绑在那头马骡的挽具上。爱玛把一个包裹塞到乔的手里。

"这是你的便餐。"突然，爱玛的双眼被泪水蒙上了，嘴巴颤抖着，几乎不能说话，"你……你要照顾好自己，乔，小心点。"她挤出了一个微笑。

"我不会有事的，"乔骑着骡子离开前，他喊了一声，"我在你不知不觉中就回来了。"

一家人目送他骑着骡子远去，四个年幼的孩子仅仅是目不转睛地看着，没有什么感觉。芭芭拉和爱玛却突然感觉无依无靠，仿佛身上的力气也随着乔一起离开了似的。泰德咬紧牙关，紧紧地抓着步枪。

乔转过身来向家人挥手告别。

当乔的身影从爱玛的视野中消失的时候，一种孤独与凄凉，还有这片蛮荒之地的可怕的空阔，像一记铁拳击打在爱玛的身上。她颤抖着，不让孩子们看到她脸上的表情。爱玛凝视着乔远去的那条小道，她希望还能再看看乔。乔踏上了一段孤独而危险的旅程，一时之间，一个令她不寒而栗的念头占据了她的心头：她将再也见不到他了。

爱玛随后消灭了脑子里的这种想法。这里是位于密苏里州与上帝才知道的他们最终的那处歇脚地之间的某个地方。

她之所以待在这里，是因为她相信乔有能力把一家人和他自己照顾好。她热爱密苏里州，她原本会心满意足地待在那里的。不过，她更爱自己的丈夫，她理解丈夫那种极度的渴望，以及那股潜伏在他心中的、时不时必须与之抗争的狂暴的暗流。她理解丈夫始终追求却从未得到的那些机会，以及他对孩子们的希望。如果俄勒冈是解决问题的灵丹妙药，他们就非得踏上那片土地不可。

现在，又有那么一阵子，爱玛满脑子想到的只是自己被抛弃了，而这是很可怕的一件事。如果现在只是一个人在路上，也许她早就哭过了，因为她喜欢哭出来。但是，爱玛很快明白，那样放纵情感是不对的。要是没有孩子们的拖累，她会跟着乔一起去。但是孩子们在她的身边，她必须振作起来，应付自如。

"泰德，"爱玛叫道，"你和芭芭拉沿河捡些浮木去，然后给我拿过来。"

姐弟俩听话地去了。爱玛看着他们离去的身影。她可爱的长女和长子非常像他们的父亲。泰德肩上扛着长步枪，所到之处，他都让骡车保持在视线范围之内。差不多每隔一秒钟他都要看一看骡车。回来时，泰德抱着他能拿动的最多的木柴，胳膊下夹着两块小的，地上还拖着一块大的。

"泰德，"爱玛告诉他，"你如果把枪放在这儿，就可以搬动更多的柴火。"

"不行。"他表示反对。

"你可以那样做。"

"不行。爸爸告诉我要看好家，我要把这当成我的任务。"

爱玛几乎要绽出笑容，但她及时止住了。作为密苏里州土生土长的儿女，她懂得步枪意味着什么。她目睹过儿子从这辆颠簸的斜向一边的骡车上瞄准一头奔跑的野牛，并一枪将它打倒在地。尽管爱玛不自觉地为丈夫担忧，但突然之间，她不再感到自己被人弃之荒野。当前情况虽不正常，但也不是命悬一线的非常时期。不管身在何处，他们都得照顾好自己。

小鸡们在草丛里觅食。那头温顺的奶牛被系在茂盛的牧草里，当爱玛挤奶时，它耐心地站着。爱玛感到很惊讶。这头奶牛从密苏里州一路走来，尽管它只是在骡车停下来的间隙才能吃上一点草，但比起在家时的供奶量，它仍提供了接近三分之一的牛奶。爱玛深情地抚摸着它。它真是一头没得说的好奶牛，等他们到了俄勒冈之后，它还会派上其他的用场的。

泰德把柴火堆起来。他卧在迎风的一面，用身体把柴堆围起来，并擦着一根火柴。他认真地塞好装火柴的瓶口，把它放回该放的位置。爱玛疼爱地看着他，并稍带些祈愿的心情。她想，在未来的某个时候，也许世界就可以让一个八岁的孩子拥有一个小男孩该有的模样，而不必活得像个大人。乔把照顾好一家人的重任托付给泰德，他当时就全部接受了。现在他的心中充满着新建立起来的对自我价值的肯定。

三个年幼的孩子扮成奔跑的一群野牛，小爱玛是他们试图撞成两截的那辆骡车。小乔极其热情地投入到游戏中，他把自己当成是撞上了骡车的那头野牛。小爱玛坐在草丛中。眨眼工夫，那辆冒险的"骡车"就号啕大哭起来。芭芭拉用她那纤细的胳膊抱起小爱玛并安慰她。

爱玛烤了面包、牛排,她给孩子们分发了牛奶。四个年幼的孩子每人都得到了双份的食物,爱玛自己和芭芭拉却只吃了半份。爱玛喜欢在用晚餐的时候喝咖啡。不过现在他们的咖啡不多了,她想把咖啡省下来给乔喝。谁也不能保证在拉勒米一定能买到咖啡。即使有咖啡卖,估计也会贵得惊人。因为除肉食之外,每一样东西的每一磅的重量都要靠旅行运输车来运输,或是靠成组的力畜驮行。

芭芭拉和爱玛洗好餐具,然后放到一边。爱玛把孩子们聚集在火堆旁边。

"给我们讲个故事吧。"阿尔弗雷德恳求道。

爱玛向来不擅于讲故事,她一想起乔来就感到心中一阵剧痛:"我们唱歌吧。"

她唱出的高音甜美而清脆,芭芭拉的嗓音则和她本人一样可爱。他们唱起《扬基小调》,那是燕西·伽罗为他们演奏过的曲子。接着他们又唱了一首歌,那是爱玛伏在父亲膝头学会的一首歌,是独立战争时期美国士兵们唱的一首进行曲。爱玛的父亲参加过那场战争。一开始,他们唱得不整齐,但接下来,即便是卡莱尔也能和着节拍歌唱,并把结尾部分唱得非常出色。同一首歌他们唱了四遍,因为孩子们都对自己的歌喉着了迷。接着,泰德站起身,凝视着入夜后渐浓的暗影。

"应该把火堆灭了吧?"

爱玛说:"是的。不过,等我们先把床铺铺好。"

爱玛没有再说话,她的心里充满感激,因为泰德和芭芭拉什么话都没说。四个年幼的孩子只知道火堆很快就要熄灭了,他们不知道一堆熊熊燃烧的火堆在晚上从很远的地方就能看见。谁能说得清在这片孤寂的土地上,会有什么样的毒蛇猛兽出没呢?

泰德把爱犬系在骡车上,爱玛知道他为什么要那样做。迈克在晚上常常四处潜行,如果乔和大家在一起,它的那个习惯倒是没什么问题。当危险临近时,乔会及时听到,没有人会担心什么。但今天晚上迈克不能乱跑,因为一家人要靠它来守夜报警。

爱玛放下帆布幕帘,让芭芭拉和小爱玛待在她的身边。她在窗帘旁边凝视着泰德。在此之前,泰德选择睡在半开半闭的两片窗帘布的附近,他把牛角制成的火药桶和子弹袋放在触手可及的地方。那支步枪就放在他的身边。爱玛悄悄向前伸出手去握住一把长刀的刀把。她把刀带到床上,开始祷告。

爱玛在黑暗中一动不动地躺着,睡意全无。风把骡车的篷布吹得沙沙作响,她还听到那头奶牛走来走去的声音。哗啦一声,一条跃起的河鱼使水流发出泼溅声。土狼们开始了合唱。这些都是熟悉的声音,他们可以置之不理。爱玛紧张地等待着一个她不想听到的声音,那就是那条狗发出的带着挑战意味的叫声。爱玛透过帆布幕帘低声呼唤着。

"泰德?"

"怎么了,妈妈?"

"你去睡吧。"

"好的,妈妈。"

在这之前,泰德因为不停地扭动着身体让妈妈一直睡不着,他感到很抱歉。现在,他小心翼翼地不发出一点声响,站起身从车厢尾端的两片窗帘布处张望。他什么也看不到,却感到一阵心惊,他觉得自己看到了什么东西。泰德躺了下来,他知道自己不能睡觉,他特别渴望爸爸在他的身边。在这之前,一切总是那么的安全有保障,可现在一切都让人觉得那么恐怖。这时, 一个声音让他惊跳起来, 接着他发现原来是迈克在打鼾。泰德睡眼惺忪地打起了瞌睡。当他听到一阵雷鸣般的马蹄声时,他正沉入半睡半醒的状态。骑马的那帮人正在突袭他们的骡车。泰德让后面的瞭望窗口开着,他看到他们来了。至少有四十个印第安人。尽管父亲告诉过他不要保卫骡车,但是现在他不得不为此一战。他开了一枪,只见领头的那个家伙坠于马下,泰德重新给步枪填上子弹,又打了一枪。现在泰德战栗着完全醒了过来,他浑身发抖地躺了一会儿。原来他只是做了一场噩梦, 他听到的所谓的马蹄声不过是风吹打骡车篷布的声音。现在,那个声音减弱了。泰德向后靠在床上,他想起了远在密苏里州的伯斯特·特里维廉。泰德希望有一天能再看到伯斯特, 那么他就可以告诉他发生在俄勒冈小道上的所有令人毛骨悚然的冒险经历。泰德听到了一只夜间出来活动的鸟的叫声,他努力不让自己睡着,但还是很快进入了梦乡,他的脸颊还靠在步枪上。

　　过了很久很久,黎明终于降临。天空中布满了乌云,把太阳死死地遮挡住。北风越刮越猛,越刮越冷。爱玛给几个小家伙穿上衣服,她朝泰德看了一眼,以确认他穿暖和没有。接着爱玛开始了一天的工作。

吃早饭的时候，爱玛尽可能按餐桌礼仪的繁文缛节依次进行。即便如此，等吃完饭，洗好碗碟，她还得面对漫长的一天。她若有所思地朝河里看了一眼，想起所有要洗的衣服。可是这不是洗衣服的时候，还有更重要的事情要做。

孩子们围在爱玛周围。泰德扛着枪，他的身影投到孩子们的身上。爱玛沿着俄勒冈小道朝前走了一小段路。不过她没有走很远，因为卡莱尔走不了那么远的路。爱玛尽可能慢腾腾地回到骡车上。当迈克在长腿大野兔的后面跳跃着追赶，并很快落在后面的时候，小弟小妹们高兴地尖叫起来。

在芭芭拉组织孩子们玩捉迷藏游戏的这段时间里，爱玛生起了一堆火。她拿起针线，给乔缝补了几条裤子。在做针线活儿的这会儿工夫里，爱玛得到了一些安慰——她算是和乔建立了一丁点儿的联系。

尽管爱玛害怕晚上的到来，但是当夜幕再次降临的时候，她还是很高兴。一整天当中，爱玛不得不一直让四个年幼的孩子高高兴兴地忙碌着，而做到这一点只能凭借自己和芭芭拉的两人之力。尽管她害怕夜晚将带来的一切，但至少小家伙们会睡过去。爱玛把他们抱到床上，她再次在黑暗中手握着长刀防身。她隔空对乔轻声诉说着自己的疲惫和恐惧，她希望丈夫能以某种方式感应到她的呼唤并回到他们的身边。她坚强地支撑着疲惫的身体，就像昨天晚上聆听了一整夜风声那样开始聆听起来。当她听到迈克挑战性的吠叫时，骡车里仍然是一片黑暗。

她突然惊醒过来，手里紧紧地握着刀。芭芭拉醒了过来。

"那是什么，妈妈？"

"别出声！"

爱玛听到车厢尾端的两片窗帘布沙沙作响，她从帆布幕帘的边上看到泰德手里拿着枪，正从骡车里爬出去。爱玛从帆布幕帘下面溜过去，小心翼翼地从还在熟睡中的孩子们的身边走过。骡车内仍然一片黑暗，不过黎明的第一缕微弱的光芒已经来临了。爱玛朝骡车后面弯下身去。

"怎么回事，泰德？"

"你待在骡车里别动！"他示意她不要出声。

爱玛看着泰德，他一边蹲着捏住迈克的长嘴，防止它又吠叫起来，一边聚精会神地凝视着狗一直看着的方向。爱玛将刀把握得更紧，做好了为保护孩子们的生命而战斗的准备。

在没有乔的日子里，爱玛没有变得软弱不堪。她既没有觉得自己寸步难行，也没有以泪洗面。接着，她听到了泰德开心的一声大喊："是爸爸！爸爸回来了！"

国际少年生存小说典藏